O OUTRO NOME DE ASLAM

A SIMBOLOGIA BÍBLICA NAS CRÔNICAS DE NÁRNIA

VINICIUS A. MIRANDA
GABRIELE GREGGERSEN

EXPEDIENTE

Direção Editorial
Sinval Filho

Marketing e Produtos
Luciana Leite

Capa e Ilustrações
Anderson Nishimura

Projeto Gráfico e Diagramação
Jônatas Jacob

Revisão
Janaína M. Steinhoff
Adriana Gusmão
Lídia Manu

Colaboração
Daniel Outeiro

LION EDITORA
Rua Dionísio de Camargo, 106, Centro, Osasco - SP - CEP 06086-100
contato@lioneditora.com.br
(11) 4379-1226 | 4379-1246 | 98747-0121

www.lioneditora.com.br

Copyright 2023 por Lion Editora
Todos os direitos reservados à LION EDITORA e protegidos pela Lei nº 9.610, de 19/02/1998. É expressamente proibida a reprodução total ou parcial deste livro, por Internacional (NVI) salvo ressalvas do autor. Este livro é uma publicação independente, cujas quaisquer meios (eletrônicos, mecânicos, fotográficos, gravação e outros), sem prévia autorização por escrito da editora. A versão da Bíblia utilizada nas citações contidas nessa obra é a Nova Versão Internacional.

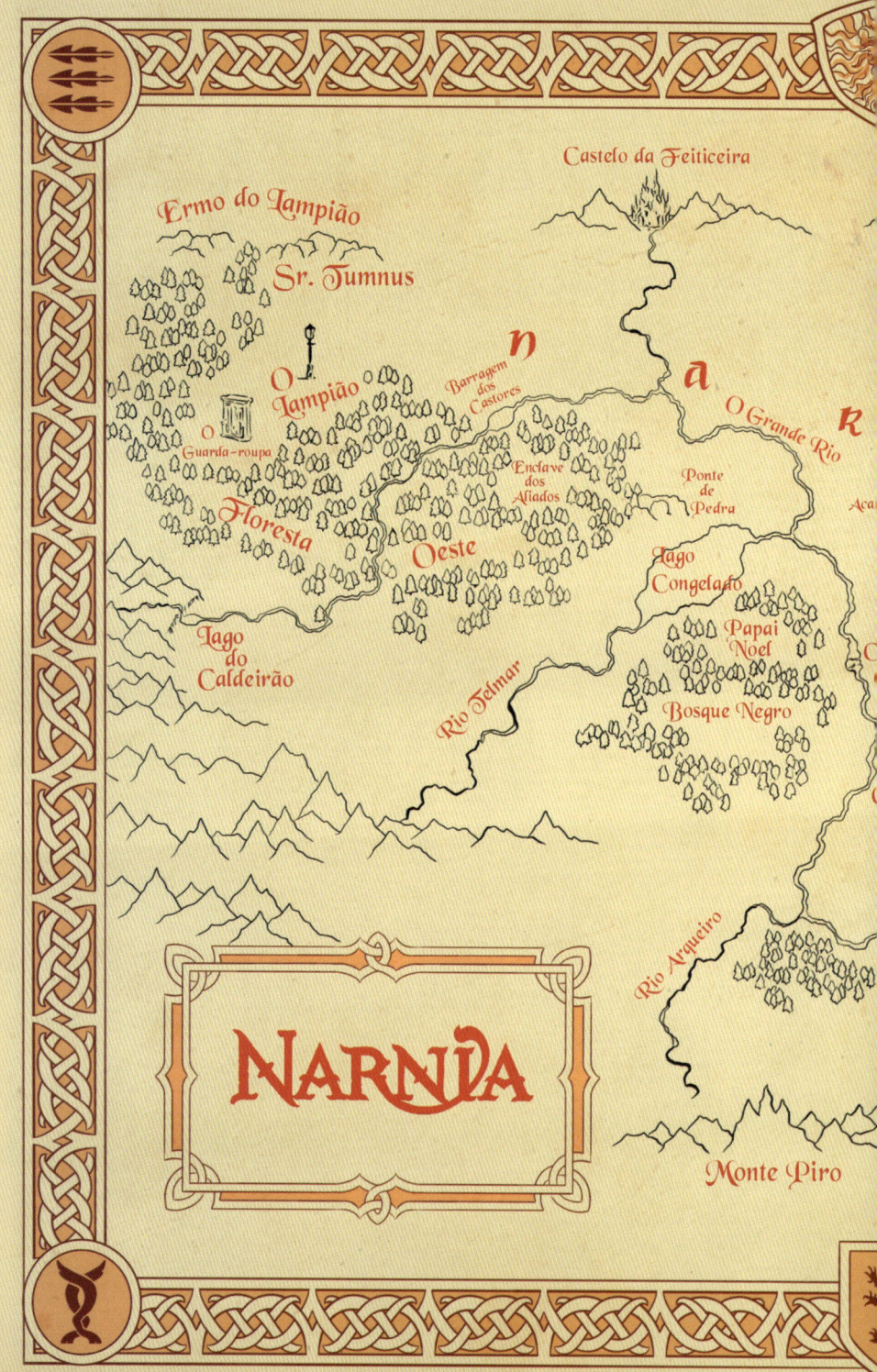

SUMÁRIO

INTRODUÇÃO 7

CAPÍTULO 1
QUEM FOI C. S. LEWIS? 12

    O FANTÁSTICO MUNDO DAS
    CRÔNICAS DE NÁRNIA 21

    CURIOSIDADES SOBRE NÁRNIA 26

CAPÍTULO 2
SIMBOLOGIAS BÍBLICAS 30

    SIMBOLOGIA DO SANTUÁRIO ISRAELITA 33

    SIMBOLOGIA EM APOCALIPSE 42

CAPÍTULO 3
A SIMBOLOGIA (OU PARÁBOLAS)
DAS CRÔNICAS DE NÁRNIA 44

    1. O SOBRINHO DO MAGO 48

    2. O LEÃO, A FEITICEIRA E O GUARDA-ROUPA 58

    3. O CAVALO E O SEU MENINO 74

    4. PRÍNCIPE CASPIAN 84

    5. A VIAGEM DO PEREGRINO DA ALVORADA 92

    6. A CADEIRA DE PRATA 102

    7. A ÚLTIMA BATALHA 110

CONCLUSÃO 118

BIBLIOGRAFIA 122

SOBRE OS AUTORES

VÍNICIUS A. MIRANDA

Pastor, Bacharel em Teologia (UNASP-EC), Mestre em Teologia Pastoral (Sagunto Adventist Campus, Espanha), formado em Comércio Exterior, pós-graduado em Aconselhamento Educacional e Familiar, com MBA em Administração e Marketing. É casado com a psicopedagoga Juliana N. Miranda e pai do Bernardo. Já trabalhou como pastor em três estados diferentes do Brasil (SP, RJ e MG), atuando de forma especial com missões urbanas. Atualmente é pastor missionário na Espanha. Uma de suas estratégias é usar a Cultura Pop para se aprofundar em temas espirituais, especialmente por meio de seu canal Filosofia com Pipoca. É autor de vários outros títulos, dos quais as obras Fé com Pipoca: Cristianismo na Cultura Pop; 101 Lições Espirituais na Cultura Pop; Bíblia Ilustrada e Devocional 3 Palavrinhas; Lições de Poder: Cristianismo em O Senhor dos Anéis; todos publicados pela Lion Editora.

GABRIELE GREGGERSEN

Formada em Pedagogia (USP) e Teologia (TSA), com Mestrado e Doutorado em Educação (USP), Especialização em Educação à Distância (ESAB) e Doutorado em Estudos da Tradução. Gabriele é uma das principais colaboradoras das obras de C.S. Lewis no Brasil, tema central de um de seus doutorados, e ainda autora de oito livros, dentre eles "O Leão, a feiticeira e o Guarda-Roupa e a Bíblia". Possui experiência de 25 anos na área de Educação, desde o ensino fundamental a pós-graduação, em instituições como a Universidade Presbiteriana Mackenzie e a Faculdade Teológica Sul Americana. Além disso, acumula 35 anos de experiência na tradução do inglês e do alemão para o português para diversas editoras.

INTRODUÇÃO

Eu lembro como se fosse hoje...estava passeando por minha cidade natal, Curitiba, e vi na vitrine de uma livraria evangélica um DVD chamado *"Crônicas de Nárnia: O leão, a feiticeira e o guarda-roupa"*. Achei o título interessante, mas vi que o filme tinha sido produzido pela Disney. Não sei se você já ouviu em alguma igreja ou site que essa produtora fez um pacto com o inimigo de Deus. Eu já. Inclusive já tinha pesquisado e visto diversas "mensagens subliminares" em seus desenhos, por isso pensei: como é possível um filme da Disney estar à venda em uma livraria evangélica? Que absurdo! Que profanação!

Confesso que não falei com ninguém sobre isso, mas minhas dúvidas e curiosidades sobre Nárnia começaram a surgir. Depois disso acontecer, passaram-se alguns dias, cheguei em casa e minha mãe me contou que tinha emprestado um DVD que contava a história de Jesus de uma forma diferenciada. Fiquei empolgado com a ideia, até que ela me mostrou a capa do DVD: As Crônicas de Nárnia. Lembro que minha empolgação se tornou em revolta. Como isso? Com certeza, esse filme era uma obra de nosso inimigo para enganar o povo de Deus! Detalhe: ele já estava conseguindo enganar até minha própria mãe!

Pensando em ajudá-la, decidi assistir ao filme para refutar os seus argumentos e anotar todos os erros teológicos. Deitei no sofá e comecei a assistir. Lembro que logo comecei a gostar do que via, mas lutava contra meu próprio eu, enquanto pensava: "Olha aí, é o inimigo querendo me convencer também!". Continuei assistindo a trama para ver para onde iria. Foi aí que uma das cenas mais famosas do filme começou. Uma disputa entre a vida de um dos personagens, chamado Edmundo. Um leão conversava com uma feiticeira, pois esse rapazinho era um traidor. Achei aquela cena emocionante, mas novamente lutava contra meu eu para não deixar a história "me levar". Depois de poucos minutos, começou a cena mais característica, na qual esse leão, com o nome de Aslam, se dirigia até a mesa de pedra para morrer no lugar do Edmundo. Quando o leão perdeu a vida, lembro que quase gritei: "Blasfêmia!". Mesmo assim, me emocionei com a cena. Quando o leão ressuscitou, eu já tinha feito diversas associações com a Bíblia, como qualquer cristão também faria. Para não dar muitos *spoilers*, vou parar de contar a história por aqui. Apesar de que eu duvido que você não tenha assistido ao filme ou lido o livro, caso contrário, não estaria lendo essas palavras. Mas ao acabar de assistir aquele filme, um misto de sentimentos inundou meu coração. Como Deus tinha permitido um filme como aquele ser lançado? Aquela produtora estava tentando enganar as pessoas? Queriam minimizar a história de Jesus? Com essas dúvidas em mente, pensei em estudar sobre o assunto. Desliguei a televisão, peguei a capa do DVD e procurei quem tinha escrito aquela história: C. S. Lewis. Até aquele momento, não o conhecia. A partir daquele dia, comecei a pesquisar sobre o autor e vi que ele tinha escrito diversos títulos, e muito bem-conceituados sobre o cristianismo. Foi aí que minha cabeça deu um nó. Como assim? Por que ele escreveu essas crônicas? Ele se apostatou?

Continuei minha pesquisa, mas com muitas ressalvas. Temia estar entrando em terreno do inimigo. Depois de poucos meses, decidi estudar teologia (não exclusivamente por causa desse tema). A faculdade que queria fazer ficava em uma cidade com um pouco mais de quinze mil habitantes. Eu morava em Curitiba, que ficava a 550 quilômetros de distância. Junto com um amigo, fui conhecer o campus e fazer o vestibular (isso aconteceu em 2010). Meu objetivo era ingressar na faculdade em 2011. Como essa faculdade ficava bem afastada da cidade, meu amigo tinha um conhecido que

morava na região. Fomos à casa dele para arranjar um lugar para dormir. Depois de nos conhecermos, fazermos um bom lanche, esse novo conhecido começou a nos dar dicas para ter sucesso no curso. Foi então que ele nos mostrou a sua biblioteca. Lá vi que havia vários livros de C. S. Lewis e, entre eles, o famoso volume único das "Crônicas de Nárnia". Ele estava concluindo o curso naquele ano. Seria um pastor de minha denominação e gostava daquela história profana! Foi então que logo perguntei: "Você gosta desse livro?", perguntei apontando para as Crônicas. Ele me respondeu: "Você já leu o livro?" Respondi que tinha visto o filme. Ele me perguntou qual deles. Comecei a ficar nervoso. Por que essas perguntas? Assisti aquele em que o leão morre, sem me preocupar se ele tinha visto (ou lido) essa história. Ele me deu um sorriso e disse: "Minha história favorita". Várias coisas me passaram pela cabeça ao mesmo tempo, mas antes de ter a oportunidade de falar qualquer coisa, esse amigo, que há poucos minutos ainda era um estranho para mim, falou carinhosamente: "Considero C. S. Lewis como o Paulo do século 21. Seus livros têm ajudado diversas pessoas a entenderem melhor a Deus e seu plano de salvação".

Eu prestava atenção em cada palavra. Foi então que ele concluiu: "Antes de tirar conclusões precipitadas, leia as Crônicas. Estude o porquê Lewis as escreveu e tenho certeza de que seu pensamento vai mudar sobre esse livro".

Não sei como ele sabia que não gostava das Crônicas, acho que algumas expressões faciais não são fáceis de se esconder. A partir daquela noite, decidi fortemente estudar as Crônicas de Nárnia. Comprei o volume único e comecei a ler todas as histórias. Demorei para terminar mais do que o previsto, pois comecei a leitura junto com a faculdade de teologia, e como esse curso exigia uma carga grande de leituras, não tive como colocar as Crônicas como prioridade.

Enquanto lia as Crônicas, comecei a fazer algumas comparações com a Bíblia. Foi aí que pensei: "Será que alguém já escreveu sobre isso?"

Pesquisei várias obras com essa temática. Todas as que eu encontrava, comprava. No último ano de curso, comecei a estudar esse tema com mais afinco. Li dezenas de livros, artigos, monografias e percebi que o que eu estava fazendo, ainda não tinha sido feito: uma pesquisa mais completa sobre a simbologia cristã em todas as sete crônicas. Percebi que os títulos existentes até então, comentavam bastante sobre esse tema, mas se aprofundavam apenas na Crônica mais famosa: *O leão a feiticeira e o guarda-roupa*. Meu objetivo era ajudar as pessoas a entenderem a provável simbologia de todas as histórias.

Depois de se esgotarem os livros sobre o tema, pensei em consultar um especialista da área, para me indicar mais alguns títulos. Foi aí que consegui falar com a Gabriele Greggersen. Ela é a coautora desse livro, e sei que é meio prepotente elogiar o autor

no próprio livro (em uma de suas obras), mas me permitam algumas palavras sobre ela. Se você pesquisar em qualquer site sobre Nárnia ou C. S. Lewis, o nome dela aparecerá na primeira página da pesquisa. O site cslewis.com.br é dela! Ela tem um currículo invejável com dois PhD's (que é o último degrau da educação) e, inclusive, ministra cursos sobre Nárnia e seu autor. Ao entrar em contato com ela, pensei que estava sendo ousado. Convidei-a para me ajudar e, para minha surpresa, ela aceitou! Com sua indicação, comprei e li mais alguns livros. Dividimos os capítulos, consegui a ajuda de alguns amigos teólogos e amantes de Nárnia e, finalmente, depois de meses de pesquisa, esse livro ficou pronto. Se você tem algum preconceito sobre a história, fique tranquilo, eu te entendo! Mas peço gentilmente que leia esse material com a cabeça aberta, tentando ver um outro lado. Se você já se considera um narniano, tenho certeza de que, a partir de agora, você irá se apaixonar ainda mais por esse mundo mágico! Então não se demore mais! Pegue uma xícara de chá, como faria um bom britânico como C.S. Lewis o foi, e faça uma incursão ainda inédita em Nárnia junto conosco!

Jack, como decidiu que gostaria de ser chamado ainda na infância, porque detestava Clive e ainda mais Staples, que eram seu primeiro nome e nome do meio, nasceu em 29 de novembro de 1898, na cidade de Belfast, Irlanda, que só seria dividida em duas décadas depois. Ele era muito lúdico e imaginativo, mas também era racional. Brincava muito com o irmão, três anos mais velho, Warren, a quem todos chamavam de Warnie, e que era um de seus melhores amigos.

Ambos começaram a ler muito cedo e amavam devorar livros. A família, composta de um pai advogado e uma mãe matemática, tinha enormes quantidades de livros em casa, para o deleite dos irmãos. Eles liam livros até destinados a adultos.

Também tinham animais domésticos, um Terrier, chamado Tim, um rato, chamado Tommy, e um canário, que chamavam de Peter. Jack brincava e falava com esses animais e lhes contava histórias de um mundo de animais falantes.

Eles também gostavam de se aventurar de bicicleta até o porto de Belfast, onde enormes navios de partida para terras desconhecidas ativavam os sonhos e imaginação dos meninos sobre viagens e aventuras.

As paisagens bucólicas de montes arborizados e campos da Irlanda, que não eram muito diferentes dos montes e campos de Oxford, na qual viria a morar mais tarde, inspirariam Lewis pelo resto da vida, causando nele um sentimento de nostalgia ou do que, mais tarde, ele viria a chamar de Joy.

Um dos momentos mais marcantes da infância de Jack foi quando o seu irmão resolveu fazer a maquete de um jardim dentro de uma caixa de biscoitos, com folhas e gravetos, representando as árvores e a vegetação daquele mundo. A visão daquele jardim imprimiu em Jack uma sensação de gozo e alegria, da qual viria a se lembrar pelo resto de sua vida. Mal sabia ele que o jardim e a floresta são, de acordo com as teorias de Jung, um dos arquétipos ou representações milenares e universais mais antigas da humanidade e usadas na mitologia e contos de fada para provocar esse mesmo sentimento de enlevo.

Sua mãe, que era o arrimo da casa, devido às oscilações de humor do pai, que provavelmente era bipolar, tinha um bom humor inabalável e sempre cantava e contava histórias para os irmãos, além de lhes ensinar várias línguas. Eles eram muito apegados a ela.

Nesse contexto, outro momento marcante deu-se em 1908, quando ele estava com dor de dente e dor de cabeça certa noite e não conseguia dormir. Ele ficou chateado e admirado de sua mãe não ter vindo acudí-lo. Então, notou uma movimentação estranha de pessoas com cheiro característico e roupas brancas entrando e saindo do quarto de sua mãe. Não demorou muito para que ele percebesse que ela estava doente, com diagnóstico de câncer.

Então, ele que acompanhava os pais protestantes para a igreja aos domingos, resolveu orar pela mãe e implorar por um milagre. Mas o milagre não aconteceu, o que abalou profundamente a fé infantil de Jack.

Como o pai tinha esse problema de instabilidade emocional, ele decidiu que não daria conta da educação dos filhos e resolveu colocá-los em colégios internos nem sempre iguais, o que ocasionou a dor da separação entre Jack e Warnie. Na primeira escola, que era para ser confessional protestante, o diretor era tão rígido e tão violento com as crianças, que foi tido como louco e a escola foi fechada. Ele recordava dessa escola como "campo de concentração". As idas forçadas à igreja daquela época e o contraste entre o que ele ouvia lá e o que o diretor, que era o reverendo da igreja, praticava naquela escola, deixavam-no revoltado. Mas foi nessa época que ele teve contato com a Bíblia e começou a fazer as suas orações do jeito que se sentia mais confortável.

Nas próximas duas escolas pelas quais ele teve que passar, sofrendo *bullying* e insônia, aprendeu a detestar esportes, devido à deficiência na mão, mas também devido ao fato de preferir ficar na biblioteca, lendo, do que ir lá fora dedicar-se aos esportes com os colegas, de quem ele não gostava. A recíproca era verdadeira. Foi nessa época que ele começou a questionar o cristianismo e deixar a Bíblia de lado. Em outro internato, conheceu uma mãe substituta, que era espírita e lhe ensinou sobre o espiritismo. Foi lá também que ele aprendeu a se tornar um esnobe. Depois disso, ele só foi encontrar um porto seguro nas mãos de um professor particular, quando já contava 16 anos de idade.

Kirkpatrick, que era ateu, havia sido professor particular do seu pai, mas ainda estava em condições de dar aulas particulares. Com ele, aprendeu várias línguas e leu os clássicos. Também se tornou ateu.

A base de ensinamentos que esse professor lhe deu foi tão boa que permitiu que ele ingressasse como estudante em Oxford, que é considerada (até hoje) uma das melhores universidades do Reino Unido, aos 18 anos de idade.

Pouco antes disso, em 1916, ele leu o primeiro autor cristão que o marcou profundamente (embora não soubesse desse seu qualificativo àquela altura), George MacDonald. Ele escrevia fantasias para adultos e crianças, e Lewis tanto que, a partir daí, passou a citá-lo em quase todos os seus escritos, tanto que chegou a publicar uma antologia de textos dele. Depois de convertido, Lewis costumava dizer que esse autor "batizou a imaginação" dele. Ou seja, enquanto a razão dele ainda estava fechada ao evangelho, a luz entrou na sua mente pela porta dos fundos.

Assim que ingressou em Oxford, alistou-se voluntariamente na Unidade de Treinamento de Oficiais da Universidade de Oxford e foi chamado para juntar-se a um Batalhão de Cadetes, para combater na Primeira Guerra Mundial. Um fato curioso foi que, certo dia, 16 soldados se aproximaram dele, que estava sozinho, de mãos para o alto, em sinal de entrega. Ou seja, sem fazer nada, ele capturou 16 inimigos.

Foi lá também que ele conheceu e fez amizade com Paddy Moore, com o qual fez um juramento mútuo de que, se algum dos dois morresse no campo de batalha, o outro tomaria conta do pai e mãe respectivos que deixariam para trás. A mãe de Paddy, Mrs. Moore, era divorciada e tinha outra filha.

Paddy Moore morreu no *front* de batalha na França, mas Lewis foi ferido e repatriado para se recuperar do ferimento. Uma vez sadio novamente, ele procurou Mrs. Moore e lhe propôs cuidar dela e de sua filha, e assim o fez até o fim da vida dela, em 1951, de forma oculta de seu pai e seus amigos de Oxford.

Como se pode ler nas várias cartas de Lewis a amigos dessa época, a Sra. Moore o engajava em várias tarefas domésticas que dificultavam a sua dedicação ao trabalho em Oxford e aos seus escritos. (Imagine se não fosse por ela, o quanto mais ele não teria escrito...).

Ainda como estudante, ele conquistou vários prêmios de melhor aluno em diversas disciplinas, até se tornar professor de um *college* em Oxford na área de língua e literatura inglesa, em 1925. Suas aulas eram muito disputadas, com estudantes que ficavam em pé, sem ter lugar para sentar. Seus alunos primeiramente estranhavam sua aparên-

cia, sempre com o mesmo terno amarrotado, mais parecendo um açougueiro do que um professor.

Mas era só ele começar a falar que eles tinham a oportunidade de perceber a sua autoridade nos assuntos que lecionava. Em pouco tempo, ele fez amizade com alguns alunos, mas também com professores titulares da Oxford, entre eles J.R.R. Tolkien, que era católico apostólico romano, e que começara a lhe falar sobre o cristianismo.

Num registro em seu diário, ele escreve: "Hoje conheci um grupo de professores altamente inteligentes. E, pasmem, eles também se dizem cristãos!". Até então, do ponto de vista espiritual, ele estava às voltas com o ateísmo e com a antroposofia, que era seguida pelo seu tutor, Owen Barfield. Mas logo percebeu que os autores dos quais ele mais gostava eram cristãos, como George MacDonald e G. K. Chesterton.

Mas o argumento que fez Jack se tornar um teísta foi o de J.R.R. Tolkien, de que Cristo era o mito que se tornou fato histórico. Imagino que a conversa que tiveram num passeio de madrugada pelos jardins de Oxford tenha sido mais ou menos assim:

• • •

- Você conhece os evangelhos da Bíblia, não conhece Jack? – perguntaria Tolkien.

- Conheço sim, desde a infância, mais precisamente – responderia ele.

- E você também conhece a mitologia... Pois bem, o que você me diria, se lhe sugerisse que a estrutura de ambos os gêneros literários seja a mesma?

- Faz todo o sentido, sim. – confirmaria Jack – As constantes são um prejuízo ou pecado que desgraça uma sociedade, um deus, que, tendo misericórdia deles, desce para salvar a humanidade perdida, morre e ressuscita, ascendendo para os céus novamente e elevando consigo toda uma raça de humanos.

- Muito bem! Mas há uma diferença crucial entre a mitologia e a história de Cristo – observaria Tolkien.

- Diga-me qual é. – convidaria Lewis.

- A diferença - diria Tolkien - está em que, na pessoa de Cristo, o mito se tornou fato. Em Cristo, houve um casamento único na história da humanidade entre mito e fato.

• • •

Lewis ficou tão impressionado com essas palavras que, depois de um passeio de ônibus, em que ficou aprofundado em suas reflexões sobre deixar Deus entrar na sua vida ou não, chegando à sua casa, ajoelhou-se na solidão do seu quarto e se converteu a Deus. Com isso, ele escreve na sua autobiografia que se tornava o "mais relutante de todos os convertidos" da Inglaterra (esse, aliás, se tornou o título de uma excelente biografia dele, feita pelo autor David Downing).

Anos mais tarde, num passeio ao zoológico com o seu irmão, que já era cristão, ele reconheceu a Cristo como o verdadeiro Deus, tornando-se definitivamente cristão. Antes de sua conversão, Lewis havia escrito apenas fantasias do mundo de *Boxen*, que era povoado de animais falantes, que seriam publicadas apenas depois de sua conversão e dois poemas narrativos bastante obscuros que não fizeram muito sucesso. Após a conversão, entretanto, sua imaginação aflorou e ele escreveu primeiramente a alegoria *O Regresso do Peregrino*, que é uma autobiografia espiritual em forma de alegoria, e uma paródia de *O Peregrino*, de John Bunyam. Embora Lewis admirasse Chesterton e tivesse amizade com Tolkien e com vários padres e freiras, todos católicos, esse livro mostra claramente sua opção pelo protestantismo. Mas ele não gostava de entrar nesse mérito e era contra a disputa entre as igrejas e denominações, pois focava no que todos os cristãos tinham em comum, como fica claro no seu clássico, *Cristianismo Puro e Simples*, que foi uma coletânea de várias publicações de palestras que ele deu para a rádio BBC de Londres, lançada em 1952.

Foi nessa época também que Lewis, Mrs. Moore e Warnie mudaram-se para *The Kilns*, a casa onde passariam o resto de seus dias. Nela, tinham um jardineiro chamado Fred Paxford, que era um pouco ranzinza e pessimista. Dizem que a figura do Brejeiro de *A Cadeira de Prata* é inspirada nele. Em seguida à publicação de *O Regresso do Peregrino*, foi publicada a sua dissertação de mestrado, *A Alegoria do Amor*.

Por volta de 1937, numa dessas noitadas, discutindo sobre viagens no tempo e no espaço, Lewis e Tolkien fizeram um acordo: Tolkien escreveria sobre uma viagem no tempo (que nunca terminou de escrever); e Lewis escreveria sobre uma viagem no espaço ou ficção científica que viraria a Trilogia Espacial (*Longe do Planeta Silencioso*, *Perelandra* e *Essa Força Medonha*). Essas histórias são tão realistas que há quem creia até hoje que Lewis acreditava em seres e mundos extraterrestres ou, mais ainda, que já tenha viajado para um deles.

Em 1939, ano do início da II Guerra Mundial, um grupo de estudiosos e escritores, entre eles Tolkien e Lewis, resolveu formar um clube de autores interessados pela mitologia e pelo compartilhamento de seus escritos, que foi batizado de *The Inklings*, nome que significa "borrão", "vaga noção" ou "mancha de tinta".

No ano seguinte, Lewis publicou *O Problema do Sofrimento* e foi em plena guerra, em 1941, que ele começou a dar as mencionadas palestras sobre o cristianismo, pela rádio BBC de Londres.

Na verdade, Lewis era solitário e sofria de depressão. Ele usava o tinteiro muito como uma terapia para lidar com os próprios conflitos emocionais e espirituais e, claro, Deus usou de sua doença para torná-lo um dos maiores apologistas cristãos da história.

Foi nessa época que ele apoiou um grupo de estudantes cristãos, denominado *Socratic Club*, que queria formar um clube para convidar ateus e agnósticos para debater o cristianismo. Lewis presidiu o grupo até 1954. Foi nesse grupo que ele sofreu a sua única derrota em debate para uma filósofa, Anscombe, que discordava do seu livro *Milagres* (1947), dedicado à questão do sobrenatural. Lewis demorou em se recuperar desse aparente fracasso, mas depois o viu como um corretivo de Deus para que se mantivesse humilde, pois detestava perder uma discussão. Ele acabou até fazendo alterações nas edições posteriores de *Milagres*.

Seguiram-se *Cartas de um Diabo a seu Aprendiz* (1942), um escrito bem-humorado de cartas de um Diabo-Mor ao seu sobrinho principiante, com dicas sobre como levar o paciente humano ao mau caminho e evitar que o Inimigo o salve. O livro, que primeiro saiu em fascículos de um jornal, foi sucesso imediato e lhe rendeu a capa da revista *Times*.

Agora, como autor popular, e daí para frente, Lewis cedeu dez por cento de tudo o que recebia a entidades de caridade. Depois, publicou *O Grande Abismo*, que é a história de um ônibus que viaja para um entre mundos com figuras humanas típicas a bordo (um artista, uma mãe dominadora, um pároco ateu, etc.) que vão decidir, com a ajuda de pessoas vindas do além, de que lado querem passar a eternidade.

Data de 1943 outro clássico do autor, que trata de educação e ensino de línguas e literatura, *A Abolição do Homem*. Recomendo o livro a professores e estudantes que se deparam com o pensamento ateu moderno (e até pós-moderno) em suas escolas e universidades. Nessa época, ele abrigou crianças deportadas de Londres em sua casa, inclusive um rapaz que tinha idade mental de oito anos, a quem procurou ensinar o alfabeto, confeccionando materiais próprios para isso.

Outra dessas crianças, que foi inspiração para as quatro crianças de *O Leão, a Feiticeira e o Guarda-Roupas*, certo dia, olhando para um velho guarda-roupa que Lewis mantinha nos *Kilns*, perguntou o que estava por trás dele e se havia nele uma porta de saída para outro lugar. Isso muito o intrigou. Mas *As Crônicas de Nárnia* só saíram quando ele já estava na casa dos cinquenta.

Em uma carta, Lewis conta que tudo começou com a imagem de um fauno, carregando um guarda-chuva no braço e vários pacotes de presentes, que surgiu em sua mente na adolescência e nunca mais o deixou. Muito da figura de Aslam também tem influência do livro de outro amigo e membro dos Inklings, Charles Williams, *The Place of the Lion*, que é cheio de espiritualidade, mitologia e magia.

Infelizmente, Tolkien não gostava de Williams e tinha ciúme da admiração que Jack tinha por ele, e fez muitas críticas ao livro, principalmente pela mistura de figuras mitológicas, de diferentes tradições (incluindo até o Papai Noel!) que Lewis faz no livro. Mas outros amigos o incentivaram, de forma que (para a sorte dos fãs de Nárnia) ele levou o projeto adiante.

Foi só em 1954 que ele foi, finalmente, reconhecido como professor titular, mas não pela Universidade de Oxford, que punha empecilhos na sua carreira pelo seu sucesso com literatura popular e pela sua apologia ao cristianismo, mas por Cambridge, universidade que criou uma cadeira nova para ele, de Língua e Literatura Medieval e Renascentista.

Lewis geralmente lia e memorizava um capítulo da Bíblia todos os dias e impressionava seus alunos ou colegas com sua vasta memória. Ele podia se lembrar de muito do que havia lido. Pessoas que o conheciam diziam que ele tinha a memória mais surpreendente de todos que já conheceram. Alguns de seus alunos liam uma linha de um livro em sua biblioteca, e Lewis então nomeava o livro, o autor, e frequentemente recitava o resto da página (WAUGH, 2016, p. 13).

A sua autobiografia, *Surprised by Joy* (*Surpreendido pela Alegria*), é datada dessa época. É nessa época, também, que ele começa a se corresponder com Joy Davidman, mulher americana divorciada e com dois filhos, que havia se convertido e que apreciava as obras de Lewis, com quem viria a se casar. Ela começou a escrever para ele em 1950 e seu primeiro encontro se deu em 1952. Mais tarde, ele convidou a quase divorciada e seus filhos a passarem o Natal nos *Kilns.* Como ela tinha a intenção de permanecer na Inglaterra e não queriam lhe dar o visto por ela ter tido um passado de mili-

> "OS SEUS MAIS DE 40 LIVROS CONTINUAM SENDO EDITADOS E TRADUZIDOS NO MUNDO INTEIRO, LEVANDO PESSOAS A ABRAÇAREM A FÉ".

tância comunista, ela pediu a Lewis que casasse com ela, e ele o fez somente no civil, em 1956, mas depois houve o casamento no religioso, em 1957, depois que ela se descobriu com câncer. A história desse romance está descrita no filme *Shadowlands* (Terra das Sombras – estrelando Anthony Hopkins no papel de C.S. Lewis).

Foi nesse período que ele escreveu *Till we Have Faces*, que é o mito de Édipo, tão usado por Freud em suas teorias, numa versão um pouco diferente. O livro, escrito a partir do ponto de vista de uma mulher, é dedicado à Joy. Pode-se dizer que ela também o inspirou a escrever *Os Quatro Amores*, que trata dos diferentes sentidos em que podemos usar a palavra "amor". Veja o que Lewis falou sobre sua esposa:

"Uma boa esposa traz muitos "eus" dentro de si. O que [Joy] não foi para mim? Ela foi minha filha e mãe, minha aluna e mestra, minha súdita e soberana. Era uma perfeita combinação: minha confidente, amiga, companheira de bordo. Minha amada, mas, ao mesmo tempo, tudo o que nenhum amigo (e olha que tenho bons amigos) jamais foi para mim. [...] Salomão chegou a chamar sua noiva de irmã. Poderia uma mulher ser uma esposa perfeita, exceto quando, por um momento, num determinado estado de espírito, um homem se sentisse quase inclinado a chamá-la de irmão?" (RIGNEY, 2020, p. 2199-2203).

Depois da morte de Joy, que muito o consternou e fez muitos leitores acreditarem que ele havia abdicado da fé cristã, ele escreveu *Anatomia de uma Dor*, *Cartas a Malcolm: sobre a oração* e *A Imagem Descartada*, sendo que as duas últimas foram obras póstumas.

Após ter tido um enfarto, do qual se recuperou, e ficar em coma, Lewis morreu de várias complicações e problemas de saúde em 22 novembro de 1963, sete dias antes de completar o seu 65º aniversário. Ele teve o mesmo tipo de câncer que levou a sua amada Joy, situação pela qual orou, pedindo que o câncer de sua mulher passasse para ele, o que fez com que ela vivesse ainda mais 3 anos de vida ao seu lado, sofrendo também de insuficiência cardíaca.

Os seus mais de 40 livros continuam sendo editados e traduzidos no mundo inteiro, levando pessoas a abraçarem a fé. A sua vida foi e continua sendo objeto de vários filmes biográficos e ficcionais na contemporaneidade.

O FANTÁSTICO MUNDO
DAS CRÔNICAS DE NÁRNIA

As Crônicas de Nárnia é o nome dado ao conjunto de sete histórias narradas por C. S. Lewis sobre um mundo fictício chamado Nárnia. Neste mundo, o autor desenvolveu uma estrutura geográfica com demarcações territoriais, habitada por animais falantes e criaturas de diversas mitologias. O "mundo real" também interage com as histórias desse mundo paralelo, pois algumas crianças da Inglaterra são levadas à Nárnia e tornam-se protagonistas de grandes aventuras. Somente em um dos livros, *O Cavalo e Seu Menino*, a história acontece sem a participação de personagens do nosso mundo.

• • •

As Crônicas de Nárnia compõem uma obra literária infanto-juvenil que figura entre as melhores do gênero, com ampla aceitação pelos adolescentes, particularmente pelos que recebem educação cristã. São livros que promovem a reflexão sobre os conceitos-chave da tradição cristã ao mesmo tempo que fascinam pela criatividade, pelas personagens bem construídas (ainda que caricatas, como é de se esperar em um conto de fadas infanto-juvenil) e pelo movimento narrativo. (GREGGERSEN, 2006, p. 18).

• • •

O mundo de Nárnia é paralelo ao nosso e pode ser acessado de qualquer lugar ou momento, de maneira imprevisível. Ele tem formato plano, o céu é uma grande cúpula e é banhado por um oceano, que segue até a borda desse mundo.

Como explicou Wilson, "combinando elementos atemporais de conto de fadas, medievalismo e alegoria cristã, Lewis criou um mundo de fantasia, Nárnia, que rivaliza com a Terra-média de J. R. R. Tolkien e com a Terramar de Ursula K. Le Guin (2007, p. 177). Na verdade, Nárnia nos apresenta um mundo fantástico para renovar nosso olhar sobre o mundo real".

Nárnia também é o nome do principal país desse mundo, seu território vai do Ermo do Lampião, onde Lúcia encontrou-se com o Sr. Tumnus (em *O leão, a feiticeira e o guarda-roupa*), até o Palácio de Cair Paravel, na Foz do Grande Rio, onde foram coroados como reis e rainhas os irmãos Pevensie. Mas de onde surgiu esse nome "Nárnia"?

• • •

Enquanto estudava os clássicos com William Thompson Kirkpatrick em Great Bookham, entre 1914 e 1917, Lewis adquirira um exemplar de um atlas do mundo clássico, publicado em 1904. Num de seus mapas, Lewis sublinhou o nome de uma antiga cidade italiana por ter gostado da sonoridade de seu nome. A cidade era Nárnia — hoje a moderna cidade italiana de Narni na Úmbria, localizada no centro da Itália. (Lewis nunca a visitou). (MCGRATH, 2013, p. 282)

• • •

Esse detalhe do nome, como toda a geografia do local, era muito importante para Lewis, que concordava com a opinião de J.R.R. Tolkien, com quem Lewis teve uma amizade de longa data, de que toda boa história começa com um bom mapa.

Pois, embora o mundo imaginário não se encontre em lugar nenhum, sendo uma utopia (*u*=não, *topos*=lugar), ele tem sim leis e um *topos*, um espaço em que se dá e que é paralelo ao espaço como o entendemos no sentido ordinário.

Então, vamos descrevê-lo em maiores detalhes:

Ao norte de Nárnia, do outro lado do rio Ruidoso, existe uma região habitada por gigantes. Antes havia uma cidade, mas que foi destruída, permanecendo apenas o castelo de Harfang. Ao sul de Nárnia, está localizada a Arquelândia, um país irmão cujos habitantes são descendentes do primeiro rei de Nárnia, o rei Franco, cuja história lemos em *O Sobrinho do Mago*. Logo abaixo, separado por um imenso deserto, fica a Calormânia, que é o cenário em que é ambientada a Crônica *O Cavalo e seu menino*. A sua capital, Tashbaan, é instalada em uma ilha no litoral. A população deste país possui características próximas aos povos árabes. Existe também, abaixo de Nárnia, um grupo de cavernas que compõem o Reino Profundo e, mais abaixo, um país chamado Bismo.

No oceano do mundo de Nárnia existem diversas ilhas que foram descobertas por Caspian X na viagem com o navio Peregrino da Alvorada. Ao chegar ao extremo, a água do mar torna-se doce e depois um tapete de lírios, até chegar ao País de Aslam, que é uma referência ao Céu – destino final do homem, segundo a fé de Lewis. Segundo

McGrath, um dos temas centrais das crônicas é a porta que dá acesso a outro mundo — um limiar que pode ser atravessado, permitindo-nos entrar num reino maravilhoso e explorá-lo. É óbvio que há implicações religiosas nessa ideia que Lewis discutiu em obras anteriores, como o sermão de 1941, "O peso da glória". Para Lewis, a experiência humana sugere a existência de outro mundo mais maravilhoso, no qual reside nosso verdadeiro destino, mas, atualmente, estamos do "lado errado" da porta que dá acesso para ele (MCGRATH, 2013).

O mundo de Nárnia foi criado pelo próprio Aslam e narrado no livro *O sobrinho do mago*. Alguns elementos e personagens são incluídos de forma "acidental", como o poste de luz quebrado trazido de Londres por Jadis, que fez brotar um novo e deu nome ao local de "Ermo do Lampião". Aslam institui durante a criação que Nárnia deveria ser governada por humanos, chamados Filhos de Adão e Filhas de Eva.

Os primeiros reis, trazidos do nosso mundo para Nárnia, foram o rei Franco e a rainha Helena. Sua geração reinou por pouco tempo, devido à conquista da Feiticeira Branca, que dominou o país por 100 anos.

Os irmãos Pevensie venceram Jadis, mas governaram por poucas décadas e voltaram para Londres. Durante sua ausência, o país foi invadido pelos telmarinos (descendentes de piratas do nosso mundo), que tentaram destruir o povo narniano, porém não conseguiram – os poucos sobreviventes se esconderam na floresta.

O primeiro rei telmarino foi Caspian I e sua estirpe seguiu até Caspian IX. Após a morte dele e depois de sua esposa, devido à pouca idade do príncipe, seu irmão Miraz usurpou da coroa, mas foi restituída pelo próprio príncipe com a ajuda dos irmãos Pevensie e dos narnianos. Caspian X participou de três histórias da série. Sua geração seguiu até o último rei de Nárnia, Tirian.

Em Nárnia até as rochas e estrelas são criaturas vivas. Quando Aslam criou esse mundo, deu inteligência e capacidade de falar a diversas espécies de animais, o que os colocou em uma condição especial em relação aos outros animais. Uma diversidade de criaturas das mitologias grega, nórdica e medieval foi incluída, como os faunos, dríades, centauros, anões e monópodes. Lewis foi ousado ao incluir também em Nárnia a figura moderna do Papai Noel. Além disso, criou personagens do mal exclusivos, como o terrível deus Tash, venerado pelos calormanos que são seres corrompidos, como podemos ler em *A Última Batalha*.

Existiram duas feiticeiras que assolaram Nárnia: Jadis, a Feiticeira Branca; e a rainha do Submundo, a Dama do Vestido Verde. A primeira era imperatriz de outro mundo e foi trazida, acidentalmente, por duas crianças da Terra durante a criação, em *O sobrinho do mago*. Ela ficou escondida no norte do país até voltar mais forte e vencer os narnianos, governando e castigando Nárnia com um inverno rigoroso de 100 anos. Com a ajuda dos irmãos Pevensie, em *O leão, a feiticeira e o guarda-roupa*, o país foi restituído e Aslam destruiu a Feiticeira. Em *A cadeira de prata* aparece a Dama do Vestido Verde, que tenta conquistar Nárnia capturando o filho de Caspian X, príncipe Rilian. Não há uma explicação sobre sua origem, já que feiticeiras não são originárias de Nárnia. O palpite de alguns estudiosos, baseados nas características da personagem, é de que seria a mesma feiticeira Jadis, porém Lewis nunca registrou algo sobre isso. Baseados nesse palpite, a adaptação da série para televisão realizada pela BBC, colocou a mesma atriz, Barbara Kellerman, no papel das duas feiticeiras.

E POR QUE EXISTEM SETE CRÔNICAS?

No livro *The Narnia Code: C. S. Lewis and the Secret of the Seven Heavens* (O Código Nárnia: C. S. Lewis e o Segredo dos Sete Céus) o autor Michael Ward cria uma teoria que é pelo menos interessante, na qual afirma que Lewis organizou propositalmente seus sete livros de Nárnia usando ideias, temas, imagens e símbolos associados aos sete planetas do cosmos medieval. *O Leão, a Feiticeira e o Guarda-Roupa* estaria associado com Júpiter; *Príncipe Caspian* com Marte; *A Viagem do Peregrino da Alvorada* com o Sol (considerado um planeta na astronomia medieval); e assim por diante. Por mais interessante que seja essa teoria, não podemos esquecer que esse código seria muito improvável, uma vez que Lewis originalmente não planejou mais nenhum livro sobre Nárnia depois do terceiro. MCGrath também procura responder a essa pergunta:

• • •

Não temos uma resposta 100% convincente. Alguns argumentam que Lewis foi influenciado pelos sete livros do poema *The Faerie Queene de Spenser*, outros acham que é por causa dos sete sacramentos, mas Lewis era anglicano, não católico romano, e reconhecia apenas dois sacramentos. Ou talvez seja uma alusão aos sete pecados capitais. É possível, entretanto qualquer tentativa de vincular a sua obra a pecados específicos, como a soberba e a luxúria, parece lamentavelmente forçada e artificial. Por exemplo, qual das crônicas de Nárnia se concentraria no pecado da gula? Em meio ao entulho dessas sugestões implausíveis, emergiu recentemente uma alternativa: Lewis teria sido influenciado por aquilo que John Donne, o grande poeta do século 17, chamou de "a Heptarquia, os sete reinos dos sete planetas". Mas todas essas ideias são apenas teorias." (MCGRATH, 2013, p. 310-311).

• • •

Para ficar mais visual o que você leu até aqui, confira o Mapa de Nárnia:

Além dessa geografia e história complexa, há outros motivos bons para se recomendar a leitura das Crônicas tanto para crianças, como para adultos. Mas esse não é um livro somente para crianças? O próprio Lewis explica, no apêndice da edição do volume único de Nárnia: "Inclino-me quase a afirmar como regra que uma história para crianças de que só as crianças gostam é uma história ruim". De novo, "é certamente minha opinião que um livro que vale a pena ser lido apenas na infância não vale a pena ser lido" (2009, p. 743).

Em seu livro sobre a Pedagogia Cristã na obra de C.S. Lewis, Greggersen cita sete boas razões para lermos as Crônicas:

• • •

"(1) porque os livros de Lewis são edificantes, ensinando muito sobre a vida de oração, sobre o exercício da leitura da Bíblia, sobre as provações que enfrentamos na vida e sobre o testemunho cristão; (2) porque Lewis ensina o cristão a pensar a fé sem os obscurantismos do fundamentalismo norte-americano; (3) porque seus livros são agradáveis e muito bem escritos; (4) porque ninguém melhor que ele conseguiu, no século 20, produzir uma ficção cristã que trouxesse riqueza de símbolos e imagens que revitalizasse a comunicação do evangelho de Cristo; (5) porque seus livros demonstram vigor do pensamento cristão em diálogo com a cultura contemporânea em uma época em que o mesmo já era considerado decadente; (6) porque Lewis nos ensina como é possível escrever literatura eminentemente cristã lida com gosto e interesse por qualquer pessoa, até mesmo por inimigos da fé cristã, levando e infundindo em todo lugar os valores do reino de Deus; e (7) porque Lewis mostra como é possível ser criativo e inovador na teologia, sendo, ao mesmo tempo, fiel à Bíblia e consistente com a longa tradição do pensamento cristão." (GREGGERSEN, 2006, p. 11-12).

CURIOSIDADES
SOBRE NÁRNIA

Como já comentamos anteriormente, Nárnia foi o nome de uma antiga cidade italiana, agora chamada de Narni. Em quênia, língua criada por Tolkien (criador de "*O Senhor dos Anéis*"), amigo de C. S. Lewis, "Narn-îa", significa algo como "profundeza dos contos". E você teria ideia de quem sugeriu esse nome "*As Crônicas de Nárnia*"? Roger Lancelyn Green, que foi um famoso biógrafo e escritor britânico infantil.

A criança que passou mais tempo em Nárnia do que qualquer outra criança de nosso mundo foi a Lúcia, cerca de quatro horas a mais que Edmundo. É ela quem se encontra com o Sr. Tumnus na famosa cena onde ele carrega um pacote e um guarda-chuva em uma floresta coberta de neve. Essa cena surgiu na mente de Lewis quando ele tinha apenas dezesseis anos. Como também já observamos antes, provavelmente a ideia de ter quatro crianças como personagens principais vieram de sua experiência pessoal, pois ele hospedou quatro crianças em sua casa durante a segunda Guerra Mundial. Os nomes originais das crianças (antes de Lewis tê-los mudado) eram Ann, Martin, Rose e Peter. Outra "inspiração" de sua vida real foi o personagem "Brejeiro", que foi baseado no jardineiro de Lewis, Fred Paxford.

O primeiro esboço de "*O Leão, a Feiticeira e o Guarda-Roupa*" não faz menção a Aslam, que é a palavra turca para designar "leão". Falando em significados dos nomes, isso é algo interessante a ser comentado. O nome "Jadis", por exemplo, significa "feiticeira" na língua persa. Já "Cair Paravel" significa "côrte menor" (no inglês arcaico: "caer" significa "corte" e "paravail" significa "menor" ou "inferior"). Em outras palavras, os reis de Nárnia estão abaixo de Aslam. Já o nome "Maugrim" significa "patas selvagens", mas a origem da palavra é *maugre*, que significa "má vontade".

Em outras versões americanas das Crônicas, o lobo recebe o nome de "Fenris Ulf", que vem da mitologia escandinava, mais precisamente do nome de um grande lobo que foi gerado pelo deus Loki e foi assassinado pelo filho do deus germânico, Odin. Outra curiosidade sobre as sete Crônicas é que elas não foram escritas na ordem cronológica que conhecemos atualmente. "O Cavalo e Seu Menino" foi completado antes de "A Cadeira de Prata", embora tenha sido publicado depois. Lewis até chegou a pensar em vários outros títulos para "A Cadeira de Prata" como: "As Terras Desoladas e Selvagens", "Noite Abaixo de Nárnia", "Gnomos Sob Nárnia" e "Novidades Abaixo de Nárnia". Parece que ele fez a melhor escolha! Já o livro "A Última Batalha" foi terminado antes de "O Sobrinho do Mago", embora tenha sido publicado depois.

Seis filmes das Crônicas foram feitos para a TV: uma versão em desenho animado de "O Leão, a Feiticeira e o Guarda-Roupa" em 1979; versões com atores reais de

"O Leão, a Feiticeira e o Guarda-Roupa", "Príncipe Caspian e A Viagem do Peregrino da Alvorada" (combinados em um só filme) e "A Cadeira de Prata" nos anos 80 que passaram na BBC e uma versão menos conhecida e em preto e branco de "O Leão, a Feiticeira e o Guarda-Roupa" pela England's ITV em 1968.

As Crônicas tem sido reconhecidas em todo o mundo, tanto é que em fevereiro de 2008, o grupo Booktrust, que é um conjunto de editoras inglesas sem fins lucrativos que promove a educação gratuita e "se dedica a estimular pessoas de todas as idades e culturas a gostar de livros", elegeu "O leão, a feiticeira e o guarda-roupa" como o melhor livro infantil de todos os tempos."[1] Lembrando que o livro "A Última Batalha" foi coroado com o Prêmio Carnegie, o mais prestigiado prêmio da literatura infantil (esse é o único livro que não é dedicado para alguém). Porém, há algo a mais nessas crônicas. George Sayer, amigo e biógrafo de Lewis, acreditava que escrever as histórias de Nárnia era, para Lewis, um exercício de crescimento espiritual. Segundo ele: "as histórias de Nárnia revelam mais sobre a religião pessoal de Jack do que qualquer um de seus livros teológicos, porque ele os escreveu mais com o coração do que com a cabeça" (Sammons, 2004, p. 86).

C.S. LEWIS USA MAGIA NAS CRÔNICAS?

Nárnia está cheia de segredos que apontam para Jesus e a Bíblia. Às vezes, o segredo está em um nome, às vezes está no que um personagem diz ou como ele age. Alguns cristãos até conseguem perceber as associações e parábolas entre as Crônicas de Nárnia e a Bíblia, porém, muitos criticam essas histórias pelo uso da "magia". Para entender o que é "magia" para C. S. Lewis, precisamos fazer uma breve retrospectiva na vida do autor...

Em sua autobiografia, *Surpreendido pela Alegria*, Lewis diz que, na infância, quando ele orou pela cura de sua mãe, ainda não tinha uma imagem clara de Deus, muito menos um relacionamento com ele. Na época, ele imaginava que Deus poderia curar a mãe por uma espécie de passe de mágica, para depois simplesmente ir embora.

Mas a sua concepção de magia amadureceu e *"magic"* certamente tem uma conotação mais positiva no inglês do que tem na nossa cultura sincrética brasileira. *Magic* tem a ver com o que torna as coisas encantadoras. É o que eu quero dizer com "momento mágico" ou "sorriso encantador". Mas certamente magia também é um poder, que, se cair em mãos erradas, pode se tornar manipulador. Nesse sentido, Tolkien fazia uma diferença entre fantasia, que envolve a magia manipuladora, e a simples imagina-

---

1 www.mundonarnia.com/curiosidades-sobre-as-cronicas-de-narnia

ção, que revela o lado maravilhoso e transcendente da realidade. Como explica Kurt: "A magia narniana, em seu cerne, não tem nada a ver com feitiços, poções ou encantamentos. A magia narniana, em contraste, é uma questão de padrões primordiais, de conexões inquebráveis e relacionamentos necessários. É uma questão de conhecer as regras e obedecê-las" (2005, p. 48). Já Gillespie esclarece que C. S. Lewis usa a palavra "magia" em vez de sobrenatural porque essa palavra é mais fácil de entender. E as coisas que Jesus pode fazer também são mágicas... Milagres são mágicos, voltar à vida é mágico, fazer um mundo inteiro do nada é mágico. Criar uma girafa ou um ornitorrinco é realmente mágico! (2008, p. 134). Joe Rigney nos confirma isso ao lembrar-nos que "se adotarmos a definição padrão que os dicionários dão para magia como ''o poder aparente de influenciar o curso dos eventos mediante o uso de forças misteriosas ou sobrenaturais', então podemos pensar nos milagres, sinais e prodígios como um tipo de magia (2020, p. 477). Rigney também menciona alguns pontos interessantes sobre o uso de magia na própria Bíblia. Ele diz:

> "... a Bíblia ensina que a magia é real. Simão, o mágico, impressionava as pessoas em Samaria com sua mágica (Atos 8.9-11). Em Isaías, Deus reconhece a "abundância" dos encantamentos dos feiticeiros do Egito (Isaías 47.9). Os feiticeiros egípcios foram capazes de reproduzir os sinais e prodígios de Moisés e Arão por meio de "ciências ocultas": bordões em serpentes (Êxodo 7.11-12), o rio Nilo em sangue (Êxodo 7.22) e a praga das rãs (Êxodo 8.7). Portanto, não devemos considerar toda magia como simples truques ou ilusões de ótica. Ela é uma característica do mundo real que Deus fez. ... Crentes fiéis são contados entre os magos nas cortes gentílicas. José é chamado para interpretar os sonhos de Faraó quando os magos deste falham (Gênesis 41.8, 14-36). Daniel e seus três amigos são contados entre os magos e encantadores da Babilônia (Daniel 1.20). Aliás, Daniel é o "chefe dos magos" (Daniel 4.9; 5.11). Como se sabe, tanto José como Daniel são bem-sucedidos como homens sábios e magos porque Deus lhes revela a interpretação dos sonhos e concede-lhes sabedoria e entendimento (Gênesis 41.16; Daniel 2.28-30). Além desses homens, os magos que trazem presentes ao bebê Jesus o fazem por causa de seu afã astrológico em seguir a estrela de Belém (Mateus 2.1-12). A raiz semítica magi é de onde tiramos a palavra magia... Em Nárnia, como em nosso mundo, a magia ainda mais profunda vence a magia profunda. Por meio do sacrifício, a misericórdia triunfa sobre o juízo. (2020, posição Kindle 464-479, 533).

É por isso, para fazer essa distinção clara, que Lewis intitula o capítulo que vai falar da magia manipuladora, aquela da Feiticeira Branca, e que está inscrita na Mesa de Pedra, dizendo que toda pessoa acusada de traição pertence a ela e merece a morte de "Magia Profunda da Aura dos Tempos". Ou seja, ela é poderosa? É. Ela é terrível?

Também é verdade. Mas ela não é única nem a mais poderosa, pois existe um outro sortilégio, como Aslam explica às meninas depois da sua ressurreição, que é a "Magia ainda mais Profunda de antes da Aura dos Tempos". Ou seja, a magia divina é anterior e mais profunda. Ela é tão profunda que já venceu o mal e fez a "própria morte caminhar para trás".

Isso não tem nada a ver com a concepção maniqueísta de "magia branca" e "magia negra". Ambas são manipuladoras e pertencem à aura dos tempos, sem dúvida, como fica claro nas primeiras páginas da *A Cadeira de Prata*, em que Jill tenta evocar Aslam com magia branca e é severamente repreendida por isso. A magia de Aslam não é branca. Ela é simplesmente boa, como bom só é o nosso Deus.

CAPÍTULO 2
SIMBOLOGIA BÍBLICA

Uma das aproximações mais evidentes que se pode fazer entre as Crônicas de Nárnia e a Bíblia é por via da linguagem empregada, que é eminentemente simbólica em ambos os casos. E a linguagem simbólica, também empregada pela mitologia e pelos contos de fada, é falada por todas as pessoas de todos os tempos, lugares e culturas, ou seja, ela é universal como é a linguagem das artes, dos esportes e até da matemática.

Diariamente vemos diversos símbolos pelas ruas, placas, *outdoors*, empresas, igrejas, televisão e assim por diante. Símbolos são imagens ou letras que têm um significado por trás. Não basta olhar para eles rapidamente, é preciso tentar entender o que eles querem nos passar. Depois de certo tempo, acabamos conhecendo os símbolos e eles se tornam usuais para nós, um exemplo disso são as placas de trânsito.

Com certeza você conhece alguns dos simbolos cristãos, como a cruz ou esse "peixinho" que vemos em formato de adesivo em vários carros:

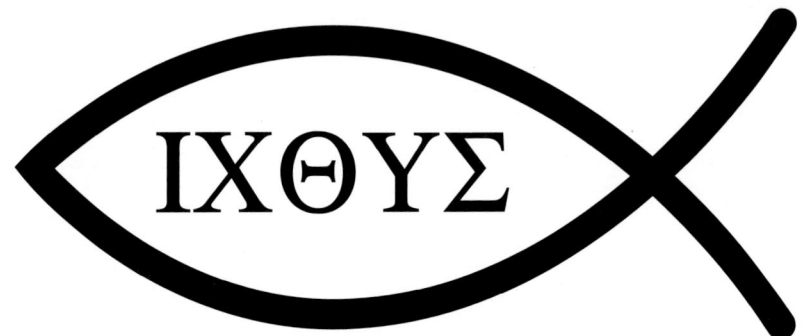

Esse peixe, chamado de *Ichthys* ou *Ichthus* (do grego antigo ἰχθύς, em maiúsculas ΙΧΘΥΣ ou IXΘYC, significando "peixe") é um acróstico utilizado pelos cristãos primitivos, da expressão "Iēsous Christos Theou Yios Sōtēr", que significa "Jesus Cristo, Filho de Deus, Salvador" (em grego antigo, Ἰησοῦς Χριστός, Θεοῦ Υἱός, Σωτήρ). Provavelmente sua comunidade deve ter uma logomarca que representa o que vocês, como igreja, acreditam.

Obviamente, as simbologias também podem ser encontradas na Bíblia, mas, infelizmente, nela não vemos suas ilustrações. E isso é uma das coisas que mais me fascina na Bíblia, pois precisamos usar de nossa imaginação e criatividade! Somente um alerta: quando falo sobre essa simbologia bíblica, não estou dizendo que tudo o que há escrito na Palavra de Deus tenha algum significado especial.

Na verdade, precisamos aprender a estudar a Bíblia, não apenas a lê-la. Como disse Isaías, precisamos pesquisar um pouquinho aqui, um pouquinho ali (Isaias 28:10). Sempre quando estudamos sobre algum tema, não podemos tirar nossas conclusões com apenas um versículo. Precisamos pesquisar o que a Bíblia, como um todo, fala sobre aquele assunto.

Uma dica interessante é procurar conhecer um pouco mais sobre a cultura judaica e grega para compreender melhor o que o autor bíblico queria nos ensinar. Você não precisa ser um *expert* nisso, pois hoje temos diversos livros que podem ajudar. Outra dica é procurar o que o texto diz no original. Diversas dúvidas bíblicas são sanadas quando lemos o texto no seu original hebraico e grego. Infelizmente, a Bíblia não foi escrita em português, ou seja, ela foi traduzida. Por isso, existem alguns textos que tomam um significado mais profundo quando pesquisamos as palavras no original.

Vou dar um exemplo de interpretação com o texto conhecido de João 21. Nesse capítulo, encontramos a clássica conversa de Jesus com Pedro, onde Ele pergunta, por três vezes, se seu discípulo o amava. Já ouvi várias interpretações para esse texto, gostaria de explicar a minha (pesquisando o texto com as palavras escritas no original). Existiam três palavras gregas para "amor": *agápe* (amor incondicional), *filéo* (amor fraterno, relacionado à família e amigos) e *eros* (amor erótico). Nas duas primeiras perguntas, Jesus usa a palavra *agápe* para amor (Tu *ágapas* me?), Pedro responde que O ama, mas com o amor *filéo* (tu sabes que te *filo*).

Na terceira pergunta, Jesus muda a palavra para amor, usando o *filéo*. Pedro, tu *fileís* me? Pedro fica triste e responde: tu sabes que eu te *filo* (amo). Algumas pessoas dizem que Jesus perguntou três vezes a mesma coisa, para dar uma nova chance a Pedro de se redimir das três vezes em que ele O negou.

Ao ler o texto no original, minha interpretação é a seguinte: Pedro não fica triste pela repetição da pergunta, mas porque entende seu significado. Jesus estava perguntando se ele o amava de forma incondicional, mas ele via que não! Jesus repete a pergunta, ele admite novamente que não! Aí, Cristo muda seu questionamento, perguntando se ele sentia pelo menos um amor fraternal pelo Messias. Nesse momento Pedro fica triste, pois reconhece que precisava melhorar sua expressão de amor por Seu Mestre. Também me impressiona o fato de Jesus aceitar o amor que Pedro estava oferecendo a Ele.

Através de um estudo mais profundo, conseguimos entender o que realmente a Bíblia tem a nos dizer. Pensando nisso, decidi separar minhas simbologias preferidas da Bíblia para dar um exemplo de sua simbologia: o Santuário e o livro do Apocalipse.

Simbologia do Santuário Israelita

No começo da história humana, Deus falava com os seres humanos face a face. Você consegue se lembrar da história de Adão e Eva? Os primeiros seres humanos criados por Deus caíram em pecado depois de acreditar nas mentiras do inimigo de Deus e foram expulsos do Jardim do Éden. Por causa disso, o mal entrou em nosso mundo e a nossa comunicação com o Criador mudou. Passou o tempo e Deus queria voltar a ter uma comunicação maior conosco, por isso Ele fez um pedido especial a Moisés:

> *"E me farão um santuário, para que eu possa habitar no meio deles. Segundo tudo o que eu te mostrar para modelo do tabernáculo e para modelo de todos os seus móveis, assim mesmo o fareis" (Êxodo 25:8-9).*

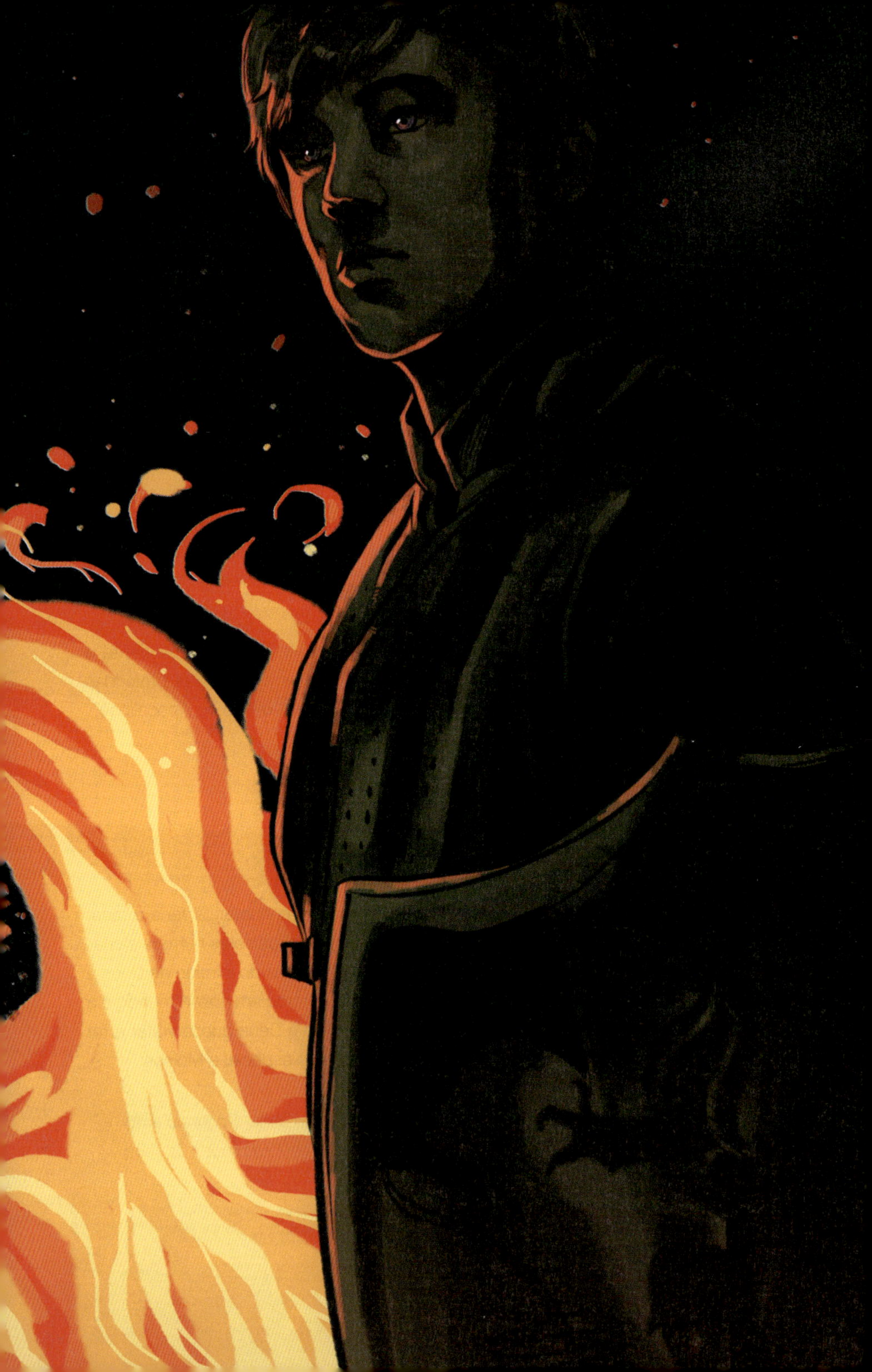

Deus sempre quer estar perto do Seu povo. Ele quer habitar no meio de nós. Desde o começo até o fim do mundo. Esse é o Seu desejo: estar perto de nós. Foi por isso que Ele pediu que o povo de Israel construísse um lugar para que Ele habitasse. Mas não pense que foi qualquer casa. Deus mesmo mostrou como queria que fosse:

"Vê, pois, que tudo faças segundo o modelo que te foi mostrado no monte" (Êxodo 25:40).

Prestou bem a atenção nesse verso? Deus falou que queria uma casa conforme um modelo que Ele mesmo mostrou para Moisés! Ele mostrou uma "maquete". Hoje, muitas construtoras fazem o plantão de venda dessa forma. Você vai ao local em que será construído o apartamento (ou casa) e os representantes comerciais te mostram a maquete de como será o imóvel. É possível visualizar o projeto bem pequeno e só depois de venderem tudo é que a construção começa. Deus fez algo parecido. Ele mostrou a maquete para Moisés e pediu para ele construísse a Sua casa. Quando descobri esse tema fiquei curioso para saber como seria essa casa de Deus na Terra! Quer descobrir junto comigo como ela era?

"Moisés levantou o tabernáculo, e pôs as suas bases, e armou as suas tábuas, e meteu, nele, as suas vergas, e levantou as suas colunas; estendeu a tenda sobre o tabernáculo e pôs a coberta da tenda por cima, segundo o SENHOR ordenara a Moisés. Tomou o Testemunho, e o pôs na arca, e meteu os varais na arca, e pôs o propiciatório em cima da arca" (Êxodo 40:18-20).

Esse texto explica como Moisés começou a montar o santuário. Primeiro armou todas as suas tábuas, levantou colunas e estendeu um tecido sobre ele. Pegou o testemunho, que logo veremos o que é, e o colocou dentro de uma arca. Aonde ele colocou essa arca especial?

"Pendurarás o véu debaixo dos colchetes e trarás para lá a arca do Testemunho, para dentro do véu; o véu vos fará separação entre o Santo Lugar e o Santo dos Santos" (Êxodo 26:33).

Existia uma separação dentro do Santuário (a casa de Deus) entre o lugar Santo e o lugar Santíssimo. O que separava esses lugares era apenas um véu. Mas existe outro texto que deixa bem explicado o que tinha dentro da arca:

> *"ao qual pertencia um altar de ouro para o incenso e a arca da aliança totalmente coberta de ouro, na qual estava uma urna de ouro contendo o maná, o bordão de Arão, que floresceu, e as tábuas da aliança"* (Hebreus 9:4).

Dentro da arca havia três coisas: o maná, o bordão de Arão e o Testemunho, que são as tábuas da aliança. Que tábuas são essas? Os dez mandamentos! A arca da aliança era o único utensílio que ficava dentro do lugar Santíssimo. Esse lugar representava a santidade máxima de Deus, por isso era separado com um véu. E o que tinha no lugar Santo?

> *"Pôs também a mesa na tenda da congregação, ao lado do tabernáculo, para o norte, fora do véu, e sobre ela pôs em ordem os pães da proposição perante o Senhor, segundo o Senhor ordenara a Moisés"* (Êxodo 40:22-23).

Não há como você ter uma casa sem decoração. Por mais que a casa seja bonita, ela precisará ter móveis. Deus também queria que a Sua casa fosse decorada, por isso pediu que dentro dela houvesse utensílios especiais. Eu os chamo de especiais, pois cada um deles tinha um grande significado, uma simbologia!

Deus não queria apenas morar com os Seus filhos, Ele também queria ensinar-lhes algumas coisas. Na verdade, Ele queria ensinar todo o plano da Salvação, antes mesmo de ele acontecer!

No texto bíblico que acabamos de ler, vemos o primeiro utensílio dentro da casa: uma mesa de pães. O que representava esse pão? Ele tinha algum simbolismo?

> *"Eu sou o pão da vida. Vossos pais comeram o maná no deserto e morreram. Este é o pão que desce do céu, para que todo o que dele comer não pereça. Eu sou o pão vivo que desceu do céu; se alguém dele comer, viverá eternamente; e o pão que eu darei pela vida do mundo é a minha carne"* (João 6:48-51).

Quem era o pão? Jesus era o pão! Esse era um simbolismo de que um dia Jesus viria como um pão, o verdadeiro alimento espiritual que precisamos. Mas existiam mais alguns utensílios:

> *"Pôs também, na tenda da congregação, o candelabro defronte da mesa, ao lado do tabernáculo, para o sul, e preparou as lâmpadas perante o SENHOR, segundo o SENHOR ordenara a Moisés"* (Êxodo 40:24-25).

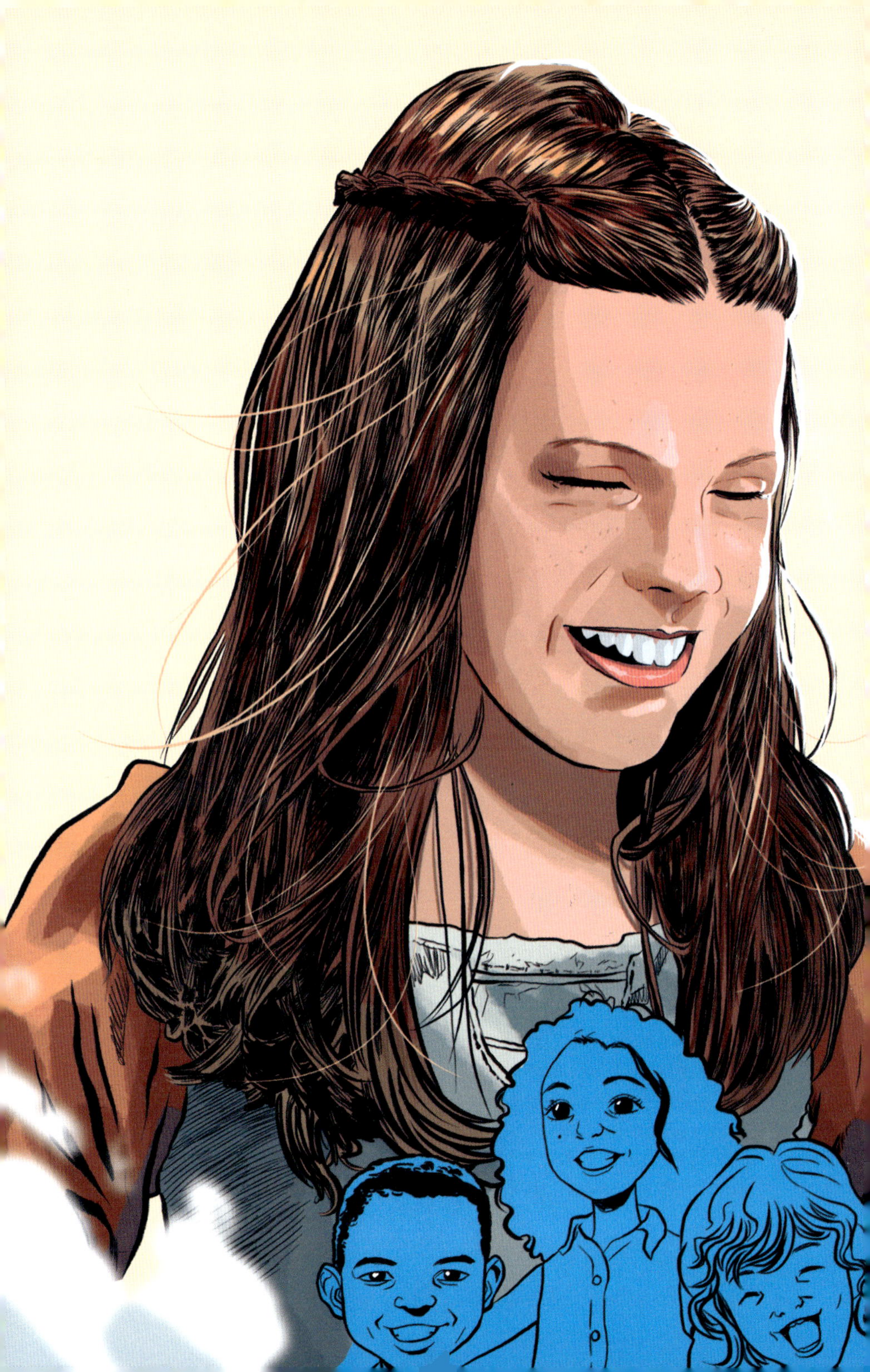

Outro utensílio que encontramos dentro do santuário era o candelabro. Percebeu que esse candelabro estava na frente da mesa dos pães? Tudo estava bem organizado dentro da casa de Deus.

Mas o que é um candelabro? Ele é um castiçal com vários "braços" para se colocar várias velas. Ou seja, algo que representava algo luminoso ou, até mesmo, a luz. E qual era o símbolo do candelabro?

"De novo, lhes falava Jesus, dizendo: Eu sou a luz do mundo; quem me segue não andará nas trevas; pelo contrário, terá a luz da vida" (João 8:12).

Veja comigo outro texto:

"Enquanto estou no mundo, sou a luz do mundo" (João 9:5).

Quem é a luz? Jesus! Recapitulando: o pão e o candelabro representavam Jesus. Jesus é quem provê nosso alimento espiritual, é Ele quem nos ajuda a caminhar por Seus caminhos nesse mundo em trevas. Ele é a luz, pois Ele quer nos guiar! Mas ainda não acabou. Havia mais decorações dentro desse santuário:

"Pôs o altar de ouro na tenda da congregação, diante do véu, e acendeu sobre ele o incenso aromático, segundo o SENHOR ordenara a Moisés" (Êxodo 40: 26-27).

Mas por que fazer isso? Por que colocar incenso? Será que Deus queria tudo bem cheiroso? Será que era por isso? Veja:

"Se qualquer pessoa do povo da terra pecar por ignorância, por fazer alguma das coisas que o SENHOR ordenou se não fizessem, e se tornar culpada; ou se o pecado em que ela caiu lhe for notificado, trará por sua oferta uma cabra sem defeito, pelo pecado que cometeu. E porá a mão sobre a cabeça da oferta pelo pecado e a imolará no lugar do holocausto. Então, o sacerdote, com o dedo, tomará do sangue da oferta e o porá sobre os chifres do altar do holocausto; e todo o restante do sangue derramará à base do altar. Tirará toda a gordura, como se tira a gordura do sacrifício pacífico; o sacerdote a queimará sobre o altar como aroma agradável ao SENHOR; e o sacerdote fará expiação pela pessoa, e lhe será perdoado" (Levítico 4:27-31).

Incrível como Deus é sábio! Todos os dias aconteciam diversos sacrifícios. E, em vários rituais, era necessário pegar o sangue dos animais sacrificados e aspergir na cortina que separava o lugar santo do santíssimo.

Você já caiu e se machucou de sangrar? Sabe quando o sangue seca na roupa? Fica com um cheiro do que? O cheiro é horrível! Seria muito desagradável no santuário, por isso Deus mandou que fizessem um incenso, para melhorar o ambiente. A casa de Deus não poderia trazer essa associação com o que é malcheiroso, feio. Mas o incensário não existia só para deixar o ambiente mais habitável, ele também tinha um significado:

> *"e, quando tomou o livro, os quatro seres viventes e os vinte e quatro anciãos prostraram-se diante do Cordeiro, tendo cada um deles uma harpa e taças de ouro cheias de incenso, que são as orações dos santos..." (Apocalipse 5:8).*

Existiam três utensílios dentro do lugar santo e todos eles representavam algo do ministério de Jesus! O incenso representava as orações dos santos (Apocalipse 8:3, 4 também traz essa ideia). E quem é que leva nossas orações hoje a Deus? Quem é nosso intercessor? Sempre oramos no nome de quem? No nome de Jesus, ou seja, é Ele quem refina nossas orações diante de Deus!

Agora que você já entendeu como era a "mobília" dessa casa de Deus, vamos ver o que acontecia fora dela. Havia mais algum utensílio?

> *"pôs o altar do holocausto à porta do tabernáculo da tenda da congregação e ofereceu sobre ele holocausto e oferta de cereais, segundo o SENHOR ordenara a Moisés. Pôs a bacia entre a tenda da congregação e o altar e a encheu de água, para se lavar. Nela, Moisés, Arão e seus filhos lavavam as mãos e os pés, quando entravam na tenda da congregação e quando se chegavam ao altar, segundo o SENHOR ordenara a Moisés" (Êxodo 40:29-32).*

Existia um altar para fazer os sacrifícios e uma bacia para que os sacerdotes se lavassem antes de fazer os rituais. O homem pecou, então alguém precisava morrer. Mas o ser humano nunca quis morrer, por isso, alguém precisa morrer em seu lugar. Se você ler todo o Antigo Testamento, irá perceber que muitas das suas histórias falam sobre esses sacrifícios. Antes de Jesus vir a essa Terra, era através deles que o povo de Israel pedia perdão a Deus. Ao matar o inocente cordeirinho, o pecador tinha um senso de culpa mais aguçado e procuraria não cometer o mesmo erro. Deus queria que eles lembrassem que o pecado leva à morte. Para que o ser humano não morra, alguém precisava morrer. O que esse cordeirinho representava? O verdadeiro Cordeiro de Deus, Jesus Cristo:

"No dia seguinte, viu João a Jesus, que vinha para ele, e disse: Eis o Cordeiro de Deus, que tira o pecado do mundo!" (João 1:29).

Veja, esse era um simbolismo completo do que aconteceria no futuro! Tudo isso 15 séculos antes de acontecer! Para ficar mais visual o que você tem lido, observe como era o santuário:

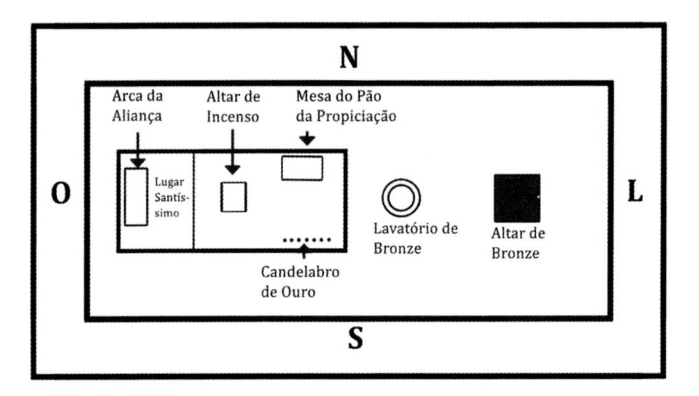

Mas existe algo que chega a ser surpreendente em todo esse simbolismo. Todos os utensílios estavam em uma ordem bem específica. Você percebeu qual figura eles formam? Uma Cruz! Aonde Jesus morreu? Em uma cruz!

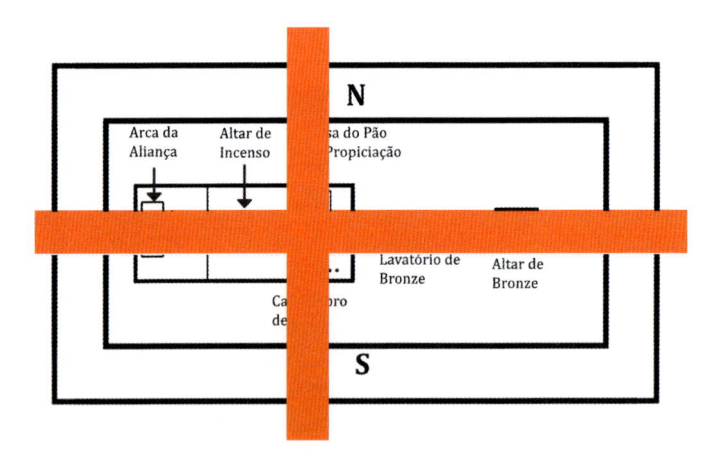

Hoje, Jesus é nosso Sumo Sacerdote no Céu! É Ele quem intercede por nós (veja Hebreus 4:14, 15; 8:1, 2 e 5).

Talvez surja uma pergunta: por que não vemos mais esse santuário terrestre em nossos dias? O que aconteceu com ele? Todo o simbolismo do Santuário se cumpriu na vida e na morte de Jesus. O santuário terrestre era uma ilustração do que aconteceria. Tudo o que estava previsto nele já aconteceu. Veja que interessante o que ocorreu quando Jesus morreu:

"E Jesus, clamando outra vez com grande voz, entregou o espírito. Eis que o véu do santuário se rasgou em duas partes de alto a baixo; tremeu a terra, fenderam-se as rochas" (Mateus 27:50, 51).

Você consegue lembrar que existia um véu que separava o lugar Santo do Santíssimo? Pois é, quando Jesus morreu, essa separação que tínhamos com Deus acabou! Veja o que Jesus fala sobre isso:

"Respondeu-lhe Jesus: Eu sou o caminho, e a verdade, e a vida; ninguém vem ao Pai senão por mim" (João 14:6).

> **"TODO O SIMBOLISMO DO SANTUÁRIO SE CUMPRIU NA VIDA E NA MORTE DE JESUS. O SANTUÁRIO TERRESTRE ERA UMA ILUSTRAÇÃO DO QUE ACONTECERIA".**

Conseguiu fazer as ligações entre os textos? Ninguém vai ao Pai se não for por Jesus! Ninguém pode entrar nesse caminho se não for através de Cristo. Esta declaração é muito importante. Quando Jesus disse: Eu sou o caminho, a verdade e a vida, Ele estava falando algo muito mais profundo do que parece. Os judeus chamavam o pátio do santuário, antes de entrar na tenda, de "caminho". O lugar Santo era conhecido como "verdade" e o lugar santíssimo era a "vida". Veja como o texto faz mais sentido: Jesus representava todo o sistema do santuário; Ele era o cumprimento de tudo aquilo! Que simbolismo fantástico e perfeito! Só poderia ter sido inventado por Deus!

SIMBOLOGIA EM
APOCALIPSE

Existem diversos livros bíblicos "carregados" de simbologia na Bíblia. O mais conhecido (e temido) é o Apocalipse. Na verdade, poucas pessoas gostam de estudar esse livro pelo excesso de simbologia porque, se você não entender os significados, realmente a leitura fica, no mínimo, esquisita. Mas quando você lê entendendo as simbologias, o texto fica mais fácil e saboroso! Pensando em ajudar seu estudo, separei uma pequena lista com alguns dos símbolos que aparecem no livro do Apocalipse. É claro que não tenho como explicar todo o livro em poucas páginas e esse não é nosso foco. Gostaria apenas de mostrar algumas das simbologias. Leia o texto bíblico com esta tabela ao lado, ficará bem fácil de entender o que o autor queria nos dizer:

- Águas: Área habitada, pessoas, nações (Apocalipse 17:15);
- Anjo: Mensageiro (Daniel 8:15; 9:21; Lucas 1:19; Hebreus 1:14);
- Arco-Íris: Sinal do concerto (Gênesis 9:11-17);
- Babilônia: Religião apóstata, confusão (Gênesis 10:8-10; 11:6-9; Apocalipse 18:2, 3; 17:1-5);
- Besta: Reino, governo, poder político (Apocalipse 17:8-11);
- Branco: Pureza (Salmos 51:7, 1:18);
- Cabeças: Governantes, legisladores, poderes supremos (Daniel 7:6; 8:8,22; Apocalipse 17:3-10);
- Cavalo: Símbolo da batalha (Êxodo 15:21; Isaías 43:17; Jeremias 8:6; Ezequiel 38:15; Zacarias 10:3) – Representantes especiais, anjos (Zacarias 1:8-10; 6:1-8);
- Chifres: Força e poder (Deuteronômio 33:17; Zacarias 1:18,19) – Rei ou reino (Salmos 88:17; Daniel 8:5, 21,22);
- Cordeiro: Jesus / Sacrifício (João 1:29; I Coríntios 5:7; Gênesis 22:7,8);
- Dragão: Satanás e seus agentes (Isaías 27:1; 30:6; Salmos 74:13,14; Apocalipse 12:7-9; Ezequiel 29:3; Jeremias 51:34);
- Estrelas: Anjos (Apocalipse 1:16, 20; 12:4; 7-9; Jó 38:7);
- Foice: Símbolo de colheita, fim do mundo (Mateus 13:39; Apocalipse 14:14);
- Incenso: Orações do povo de Deus (Salmos 141:2; Apocalipse 5:8; 8:3, 4);
- Leão: Força e Jesus Cristo (Gênesis 49:9; Apocalipse 5:4-9; Salmos 7:2);
- Mulher Impura: Igreja apóstata (Ezequiel 23:2-21; Apocalipse 14:4; Oséias 2:5; 3:1; Ezequiel 16:15-28);

- Mulher pura: Verdadeira Igreja (Jeremias 6:2; Isaías 51:16; II Coríntios 11:2; Efésios 5:22-35);
- Óleo: Espírito Santo (Zacarias 4:2-6; Apocalipse 4:5);
- Serpente: Satanás (Apocalipse 12:7-9; 20:2);
- Ventos: Lutas, contendas, "ventos de guerra" (Jeremias 25: 31-33; 49:36,37; 4:11-13; Zacarias 7:14).

Outro exemplo é que João utilizou o número 7 inúmeras vezes em Apocalipse. O número 7 representa plenitude, perfeição ou preciosidade. Sabemos que existem sete dias da semana, sete continentes, sete oceanos, sete cores do arco íris, sete maravilhas antigas e sete notas musicais. Agora, veja quantos "sete" João usou:

- 7 igrejas (1:4);
- 7 espíritos (1:4);
- 7 candeeiros de ouro (1:12);
- 7 estrelas (1:16, 2:1);
- 7 tochas de fogo (4:5);
- 7 selos no livro (5:1, 5);
- 7 olhos e 7 chifres do Cordeiro (5:6);
- 7 anjos e 7 trombetas (8:2, 6);
- 7 trovões (10:3, 4);
- 7 cabeças da besta e 7 diademas (12:3) que são 7 montes e 7 reis (17:9-10);
- 7 pragas (15:1) e;
- 7 bem-aventuranças (1:3, 14:13, 16:15, 19:9, 20:6, 22:7, 14).

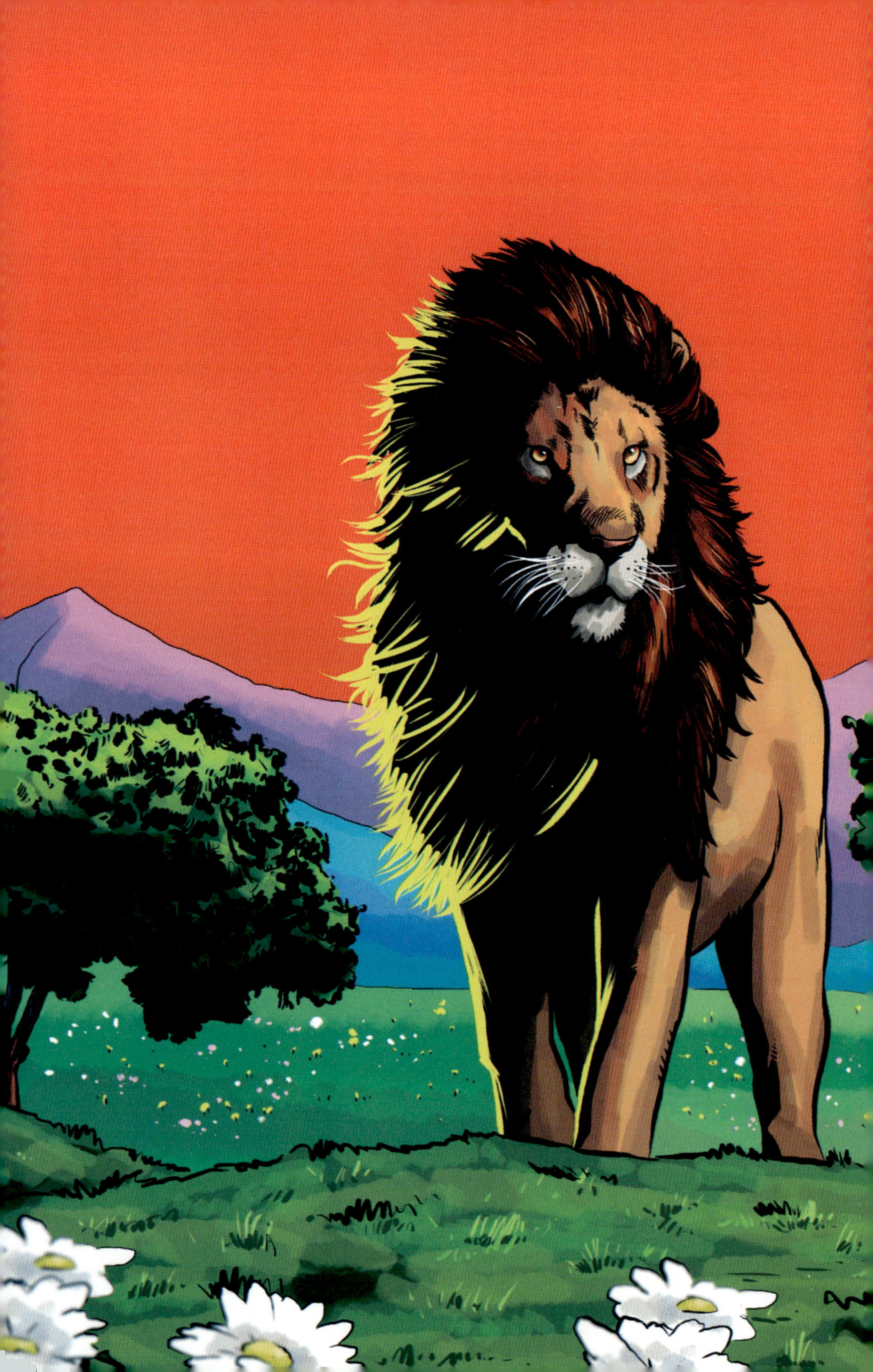

Capítulo 3

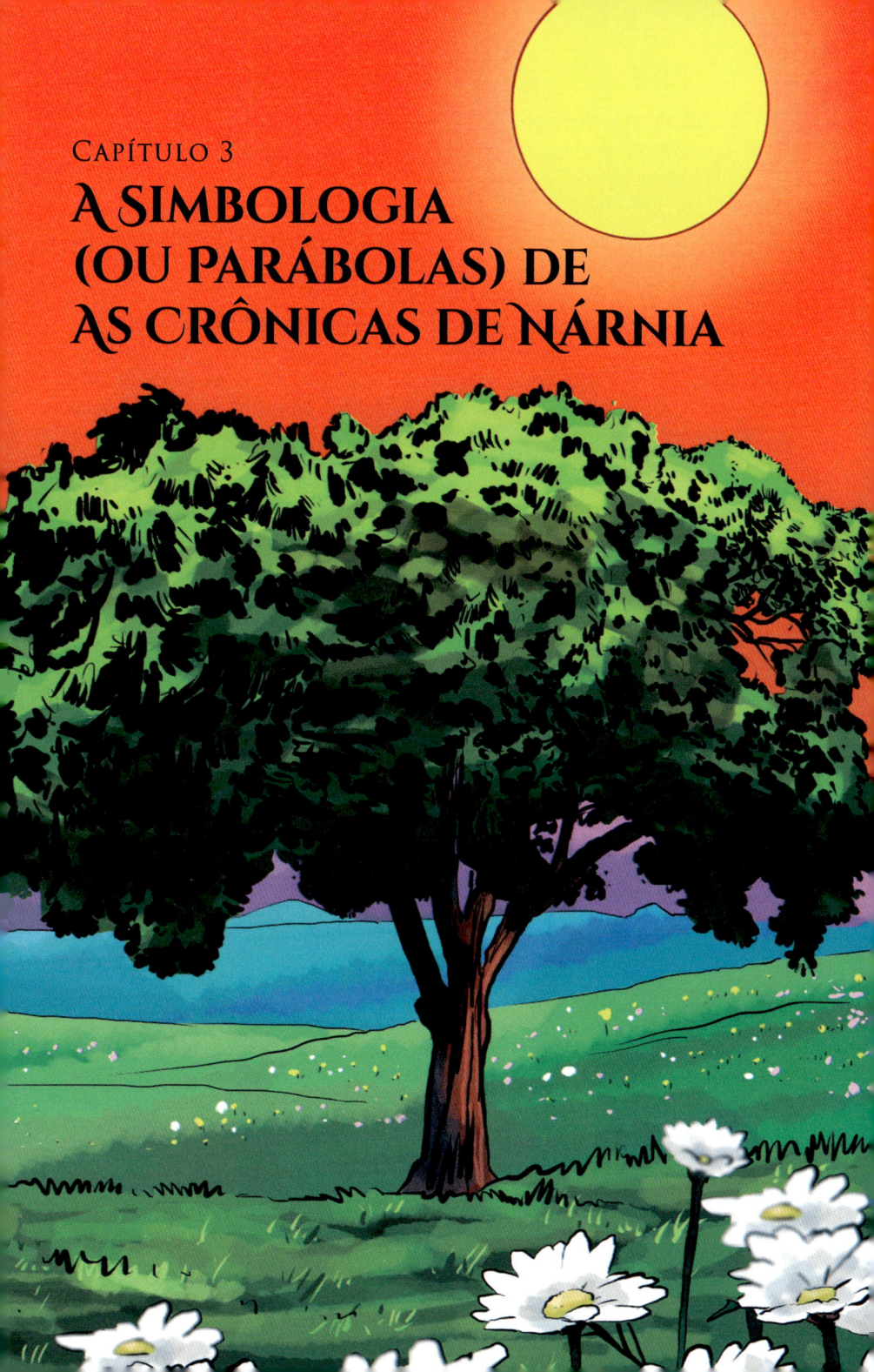

A SIMBOLOGIA (OU PARÁBOLAS) DE AS CRÔNICAS DE NÁRNIA

A utilização de simbologias é usual em nosso mundo e também é corriqueiro na Bíblia (como vimos no capítulo anterior). Lewis escreveu as Crônicas com um objetivo específico:

> Sua intenção era obviamente atrair a atenção do público para o cristianismo, tendo as obras clássicas como "isca". (GREGGERSEN, 2006, p. 94).

Algumas pessoas podem não entender a metodologia usada por Lewis, principalmente após ver as adaptações cinematográficas dos livros. Vale ressaltar que a história foi escrita de um jeito e, no cinema, ela é retratada de outro. Acredito que você já deve ter ouvido o famoso dito popular: "o livro é bem melhor que o filme". Nos livros não temos as aparências dos seres mitológicos, lugares e até personagens com tantos detalhes. Ao ler as crônicas temos poucas ilustrações, que servem apenas para nos dar um norte e poder usar a imaginação enquanto lemos. Por isso, alguns seres são caracterizados nos filmes de forma até grotesca, pois os produtores são pessoas seculares que estão preocupadas em ter um bom retorno financeiro para o filme. Até gosto dos filmes das crônicas, mas prefiro os livros. Por isso, as simbologias abordadas nesse capítulo terão como foco a obra literária.

Algo que geralmente me questionam quando falo que gosto de Nárnia é sobre o uso de personagens mitológicos que aparecem nas histórias. Nas crônicas vemos seres como faunos (corpo humano misturado com pernas de bode), centauros (cabeça, braços e dorso humano e quatro patas de um cavalo), dragões, bruxas, sátiros, gnomos, ninfas, minotauros (cabeça de touro e corpo humano), animais falantes, etc. Quando vamos ler qualquer livro, sempre é bom procurar entender o porquê o autor escolheu aquele tema, por que ele escreveu daquela forma, para quem ele escreveu e qual seu objetivo.

É bom lembrar que, no tempo de C.S. Lewis, outra história estava fazendo a cabeça da moçada: *O Hobbit*. Acredito que ele deve ter pensado: como vou chamar a atenção para o evangelho, usando personagens da mitologia, que é uma linguagem universal, como Tolkien estava acabando de provar, escrevendo uma história com valores morais e bíblicos?

Uma observação: hoje temos Bíblias infantis de tudo o que é jeito... Bíblia do bebê, bíblia em forma de quebra cabeça, com desenhos para colorir, com desenhos já coloridos, Bíblia no formato de história em quadrinhos, Bíblia para o menino ou para a menina, *Bíblia Mangá Kids, Bíblia Ilustrada 3 Palavrinhas* (olha o jabá =P) e ainda aquelas que você abre a página e a cena se desdobra (pop-up). No tempo de Lewis, não existia nada disso.

Ele queria atrair a atenção para o evangelho de alguma forma, por isso usa a ficção da época. Afinal, em cada período existe uma linguagem de ficção diferente (em seu tempo, a ficção era voltada para a mitologia grega). Mas ele foi além. Não apenas escreveu mais uma história de ficção, mas sim uma história cheia de paralelismos, simbologias, ou como Lewis gostava de chamar, de parábolas.

Como explicou Dianne Shober, Lewis definia esses símbolos como "pensamentos verdadeiros sobre coisas das quais os homens nada sabem" (2018, p. 4). Já Jadranka menciona que "os meios literários ou as 'indicações claras' que Lewis usa para conectar o mundo de Nárnia com o nosso são, acima de tudo, alegorias cristãs que simbolizam e expressam a fé de maneira metafórica" (2015, p. 44). Gutiérrez Bautista afirmou que "o resultado teológico de Nárnia é uma fé cristã que afirma a vida em vez de negá-la e o resultado emocional é a celebração da alegria" (2011, p, 31). Creio que, com isso em mente, Bruner concluiu: "provavelmente nenhum outro autor do século XX conseguiu magistralmente combinar o fascínio da imaginação com a profundidade da fé" (2005, p. 13). Mesmo tendo essa base, é bom frisar, o que explica Sammons:

> "Alguns leitores presumem que Lewis tinha um propósito didático explícito em mente quando criou Nárnia. Supõem que ele primeiro decidiu escrever algo cristão para crianças, depois escolheu a história de fantasia como seu veículo, depois estudou teologia e psicologia infantil a fim de criar alegorias espirituais para jovens leitores. Lewis descartou sem rodeios essa visão de seu método de escrita como "puro luar", explicando que o mundo de Nárnia começou como uma série de imagens desconexas - um fauno, uma rainha pálida, um leão magnífico. "No início, nem havia nada de cristão sobre eles", explicou ele; "Aquele elemento entrou por si mesmo"... À medida que o processo de criação de histórias amadurecia, porém, Lewis começou a ver as possibilidades cristãs nas narrativas que estavam começando a tomar forma. Ele se lembrou de como em sua própria infância, faltava-lhe um verdadeiro sentimento de amor ou temor por Deus, sentindo-se constrangido

por um sentimento de reverência... Alistando os poderes irrestritos da imaginação, Lewis esperava recapturar a beleza original e a pungência da mensagem do Evangelho. Nesta estratégia, é claro, Lewis teve um sucesso admirável" (2004, p. 63 e 64).

Por mais que o foco inicial de Lewis era apenas criar um conto, uma boa história, ela acabou se transformando em algo sublime, pois como diz a própria Bíblia: *"a boca fala*

do que o coração está cheio" (Mateus 12:34). A título de curiosidade, vemos que até mesmo J. K. Rowling, criadora de outra famosa franquia *"Harry Potter"*, percebeu essas simbologias nas obras de Lewis:

> "Nárnia é literalmente um mundo diferente, enquanto nos livros de Harry você entra em um mundo dentro de um mundo que você pode ver se por acaso pertencer a ele. Geralmente não há muito humor nos livros de Nárnia, embora eu os adorasse quando era criança. Fiquei tão envolvida que não achei que C. S. Lewis fosse especialmente enfadonho. Lendo-os agora, descubro que sua mensagem subliminar não é muito subliminar... Na verdade, C. S. Lewis tinha objetivos muito diferentes dos meus. Quando escrevo, não tenho a intenção de enfatizar ou ensinar filosofia de vida" (tradução livre de HERALD, S. 2001),

Em seu livro *"Viva como um narniano: Discipulado cristão nas Crônicas de Lewis"*, Joe Rigney defende que "Lewis criou as histórias de Nárnia para inculcar crenças, valores, hábitos e afeições cristãs" (2020, p. 307). Em poucas palavras, ele resume que:

> "Essas histórias demonstram, por meio da ficção imaginativa e do conto de fadas, como o mundo realmente é. Há coragem e bravura em sua glória irradiante. Há honestidade e transparência em sua simplicidade e profundidade. Há traição em toda a sua feiura. Há a face do Mal. Há, de igual modo, a face do Bem. Uma criança (ou adulto) que viva nessas histórias terá desenvolvido os padrões de pensamento e afeição que a prepararão para abraçar a Verdade, o Bem e o Belo (ou seja, para abraçar Jesus Cristo) quando finalmente os (O!) encontrar. Como João Batista, Lewis e seu elenco de narnianos terão preparado o caminho". (2020, posição Kindle 430-434).

Vale também mencionar um experimento realizado por Dana Hanesová, Pavel Hanes e Daniela Masariková, na Eslováquia, com 130 alunos de 9 a 14 anos de escolas primárias, que buscava descobrir se a leitura das Crônicas de Nárnia ainda poderiam ser uma ferramenta útil para desenvolvimento do pensamento religioso, especificamente para crianças da geração Z.

O que o estudo destacou é que a maioria das crianças preferia os filmes, ao invés dos livros (por causa da ação), e que todas elas entenderam o sacrifício do leão como um símbolo que apontava para o que Jesus fez por nós. Tanto é que o estudo cita uma experiência de um dos alunos: "Mas um menino de 9 anos descreveu sua experiência transcendente com uma voz muito tranquila e palavras simples: 'Eu gostei do filme Príncipe Caspian ... porque ... quando eu estava assistindo, enquanto tentava me colocar nele .. . então ... eu experimentei'" (2019, p. 207-230). A conclusão que chegaram com esse estudo é que a experiência com os livros e filmes de Nárnia ainda podem contribuir para o desenvolvimento do pensamento religioso das crianças de hoje em dia.[2]

Outro pequeno exemplo, é o que aconteceu com uma menina chamada Jordan Manji, que foi alcançada por Deus através do livro *O Leão, a feiticeira e o guarda-roupas*. Ateia, ela se sentiu confrontada por Aslam ao tentar responder à pergunta: "De onde vem a moralidade?". Estudiosa, e sempre a melhor aluna da classe, Jordan resolveu ser ateia quando tinha apenas onze anos de idade. Ela contou que confrontava os cristãos da sala com perguntas científicas e também sobre a Bíblia, mas eles não sabiam responder. A sua família sempre foi muito competitiva, então sua identidade foi formada para ser a mais inteligente da sala, o que funcionou quando estava no Ensino Médio. Mas, quando conseguiu entrar na Universidade de Harvard, sua autoestima abalou, pois seu pensamento ateu foi posto em xeque, e ela não sabia mais quem era, pois nasceu para ser a mais inteligente do ambiente. Agora na faculdade, não ocupava mais essa posição, gerando muitos conflitos dentro de si. Jordan começou a amizade com uma amiga cristã, que nas várias conversas elevou ainda mais o seu pensamento.

Em uma leitura de um ensaio de C.S. Lewis, ela começou a refletir ainda mais sobre Deus e sobre a moralidade. E, duvidando da sua própria crença, ela se voltou para a Bíblia. Assim, foi possível enxergar a sua hipocrisia pela primeira vez ao ler o sermão da montanha. Quando chegou ao livro de João, no relato da morte de Jesus, Jordan se impressionou com as semelhanças entre o Leão, a feiticeira e o guarda-roupas. E se deu conta que, assim como Edmundo era resistente a Aslam, ela também tinha sido resistente a Cristo:

> "Jesus é Aslam e ele está morrendo por minha causa. Perceber minha própria pecaminosidade naquele momento e minha própria necessidade de cura daquele pecado fez toda a diferença em como eu li isso", disse Jordan. "Então, comecei

---

[2] De todos os livros, teses e artigos lidos para a elaboração desse livro, somente uma autora, Laura Miller, contestou estes paralelos em seu livro The Magician's Book: A Skeptic's Adventures in Narnia (O Livro Mágico: as aventuras de uma cética em Nárnia). Porém, a própria autora fez uma pesquisa com outros leitores para saber se concordavam ou não com a metodologia de Lewis. Advinha o que ela descobriu? Ela deixa registrado que foi a única que demonstrou uma maior insatisfação com as simbologias bíblicas dos entrevistados. Ao ler sua obra, é perceptível que sua visão do cristianismo como um todo, não se assemelha em nada ao que temos apresentado na Palavra de Deus. Acredito que lhe faltou alguém para ajudá-la a entender o que é realmente o cristianismo que acreditamos e professamos.

a chorar pensando em Aslam, pensando em Jesus por meio desse processo", explicou.

Incrível, não é mesmo? Claro, as histórias de Nárnia também são algumas das melhores que a literatura inglesa tem a oferecer. Elas nos tiram desse mundo e nos transportam para o meio de outro. Sem dúvida, Lewis queria transportar a fé para o mundo do leitor, e de fato o fez, mas antes queria transportar o leitor para o mundo da fé e da fantasia! Resumindo, ele colocou o evangelho dentro de uma história para chamar a atenção das crianças, usando a linguagem universal dos mitos, que estava sendo muito utilizada à época. Ou seja, ele se contextualizou para escrever e com isso, contextualizou o evangelho, que ele transpirava e não poderia esconder, em sua condição de cristão convicto.

Quando se trata de ficção científica hoje em dia, tudo costuma ter uma explicação racional, é preciso ter provas, ter uma base em conhecimentos advindos da ciência e tecnologia. Se aparecerem mutantes, super-heróis, ou qualquer outro personagem, é preciso dar uma explicação para cada acontecimento, por que eles desenvolveram um super-poder, etc. Tudo precisa ter uma fundamentação científica.

Já, de acordo com o que defendemos nesse livro, a fundamentação das Crônicas é cristã e, portanto, é possível encontrar nelas bases bíblicas sólidas (sem, evidentemente, reduzir as histórias a narrativas da Bíblia, ou excluindo qualquer outro tipo de interpretação, por exemplo, no sentido dos direitos humanos e da ética humanística).

As crônicas de Nárnia compõem-se de sete histórias, cujo conteúdo encontra paralelo em alguns livros bíblicos. O sobrinho do mago, por exemplo, assemelha-se ao Gênesis, pois conta o surgimento de Nárnia. A última batalha apresenta um tom como o de Apocalipse. O leão, a feiticeira e o guarda-roupa traz um relato inspirado nos evangelhos, enquanto os demais, com suas múltiplas aventuras, lembram o livro de Atos dos Apóstolos. (FILHO e BARREIRA, 2005, p. 134).

Para ficar mais didático, esse capítulo é dividido em sete subcapítulos, nos quais, teremos um resumo sobre cada crônica e as explicações das simbologias bíblicas encontradas em cada uma delas. Cada crônica tem uma média de 20 simbologias, somente O Leão, a feiticeira e o guarda-roupa é que tem mais de 50. Ou seja, você conhecerá mais de 170 simbologias bíblicas nas sete Crônicas de Nárnia a partir das próximas páginas! Quer você seja um fã de Nárnia ou um cético que precisa entender mais desse mundo espiritual, te convido a ir além dos casacos de pele do mundo narniano e entrar no bosque nevado da imaginação. A luz que você enxergará nas próximas páginas é muito mais do que a luz de um mero lampião. É a luz de Deus, que milhões de pessoas já descobriram na terra de Nárnia.

1. O SOBRINHO DO MAGO

> The Magians'Nephew, ilustrado por Pauline Baynes London: Geoffrey Bles, 1950, traduzido para o português por Paulo Mendes Campos, com o título de Os Anéis Mágicos e O Sobrinho do Mago.

Essa história, que introduz e fundamenta todas as demais aventuras, conta como foi que, no início do século XX, um menino (chamado Digory), que será o esperto professor de LFG e uma menina (Polly) encontram uma passagem secreta para um casarão abandonado na Inglaterra, descobrindo um laboratório secreto de um professor maluco que faz experiências mágicas. Esse professor chama-se André e é o tio de Digory. Ele usa as crianças como cobaias para transportá-las para outra dimensão por meio dos anéis mágicos (em um estilo bem brasileiro, verde e amarelo). Trata-se de uma espécie de "entre mundos", a partir do qual se tem acesso a vários outros universos. Assim, as crianças visitam vários e estranhos mundos, de um dos quais trazem Jadis (mais conhecida em LFG como a "Feiticeira Branca") que, depois de causar danos ao mundo das crianças, é transportada junto com elas, o professor, a servente da casa e um pobre cocheiro para um planeta ainda em formação. Assim, as crianças são testemunhas da criação de Nárnia pelo canto de Aslam, que concede o dom de fala aos animais. O cocheiro e sua esposa são coroados rei e rainha de Nárnia e as crianças o testemunham.

A aventura termina com o retorno das crianças do mundo dos animais falantes ao seu próprio mundo, munidos de uma maçã mágica que salva a vida da mãe do menino, que estava adoentada. A semente da maçã dá numa árvore, cuja madeira é aproveitada para a confecção de um guarda-roupas, que se tornaria famoso...

• • •

1.1. SIMBOLOGIA BÍBLICA EM "O SOBRINHO DA MAGO"

As duas primeiras crônicas são claramente baseadas ou inspiradas em histórias bíblicas, a da criação e queda e a da encarnação e da paixão, respectivamente. As outras histórias parecem ser uma demonstração da experiência cristã. Não que essas histórias não contenham elementos bíblicos, mas elas são mais voltadas à experiência cristã do que à releitura de uma história bíblica.

Logo na introdução dessa crônica, já somos avisados de sua importância, pois é ela que explica como começaram as "idas e vindas entre o nosso mundo e a terra de Nárnia". É nessa crônica que também vemos como essa terra encantada foi criada, como foi a "queda do homem", a introdução do mal em Nárnia e como os animais começaram a falar. O tema central é o poder do orgulho, da tentação, do pecado e do mal.

Nela conhecemos Digory e Polly que compartilham uma imaginação ativa e o amor pelo mistério e aventura. A Bíblia também encoraja o cristão a buscar as verdades escondidas e os tesouros espirituais: *"Vocês me procurarão e me acharão quando me procurarem de todo o coração"* (Jeremias 29:13) e *"A glória de Deus é ocultar certas coisas; tentar descobri-las é a glória dos reis"* (Provérbios 25:2).

Algo que já desperta a atenção é que os personagens principais são crianças, não apenas nessa crônica, mas também nas demais. Obviamente Lewis assim o fez, pois era esse o seu público-alvo. Mas nessa escolha escuto ecoar as palavras de Jesus: *"Deixem vir a mim as crianças e não as impeçam; pois o Reino dos céus pertence aos que são semelhantes a elas"* (Mateus 19:14).

Digory e Polly foram forçadas a viajar pelos universos para os quais a magia do Tio André os transportava. O primeiro mundo que as crianças descobrem é Charn, um planeta antigo em ruínas, falido, destruído pela maldade e corrupção de seu povo. Charn nos dá uma ideia do resultado final da perversidade desenfreada: destruição completa e total de uma civilização inteira. No sermão profético de Jesus, em Mateus 24, a Bíblia nos diz que nosso mundo terá um fim semelhante. Lá nos é avisado que acontecerão guerras, rumores de guerras, fome, terremotos, surgirão falsos profetas para tentar nos enganar, o sol escurecerá, a lua deixará de dar sua claridade e as estrelas cairão do céu. Mas, ao contrário de Charn, nossa história terá um final feliz, porque Deus promete resgatar aqueles que são seus! É em Charn que as crianças descobrem um salão com várias estátuas e um sino, que continha um aviso:

• • •

"Ousado aventureiro, decida de uma vez:
Faça o sino vibrar e aguarde o perigo
Ou acabe louco de tanto pensar:
Se eu tivesse tocado, o que teria acontecido?"

• • •

Da mesma forma que existia o aviso no sino para que as crianças não o tocassem, Deus também deu um aviso para que Adão e Eva não comessem da árvore do conhecimento do bem e do mal: *"mas da árvore do conhecimento do bem e do mal não comerás; porque, no dia em que dela comeres, certamente morrerás"* (Gênesis 2:17).

Assim como Adão e Eva ficaram curiosos para saber se teriam o conhecimento do bem e do mal e acabaram não resistindo a essa tentação, comendo o fruto, Digory também ficou curioso com o que aconteceria caso tocasse o sino e, assim como o casal bíblico, também não resistiu. Foi nesse momento que ele libertou a última sobrevivente e a responsável pela destruição daquele mundo: Jadis. Ela se autodenominava a última rainha, a rainha do mundo. Esse é o mesmo título dado ao diabo: "o príncipe desse mundo" (João 14:30). Mas quando vi esse nome, Jadis, também me veio à mente o nome de uma outra rainha má e sanguinária relatada na Bíblia. Seu nome também começa com "J": Jezabel, que foi uma rainha pagã de Israel. Ela era esposa do rei Acabe, que adorava outros deuses, principalmente ao deus Baal. Jezabel era muito maquiavélica, dando ideias malignas ao rei e se tornou uma inimiga do profeta Elias. Uma coisa importante a ser lembrada, é que Digory pode ter trazido a Jadis para a Terra, mas não foi ele quem a criou. A rainha perversa vem de outro mundo muito mais antigo do que Nárnia ou do que nosso próprio mundo. Assim como o inimigo de Deus também não era desse mundo e foi expulso para a Terra (Apocalipse 12:7-9).

Depois de Jadis ser liberta, ela persegue as crianças até Londres, onde André se torna seu servo. Lá ela começa a destruir aquela cidade também. Para tentar se livrar desse problema e levar Jadis de volta a Charn, as crianças acabam conhecendo Nárnia acidentalmente, no exato momento em que Aslam começa sua criação.

De repente eles começam a ouvir um belo som, que parecia mais uma canção. Com exceção da feiticeira e do tio André, todos apreciavam a música. Logo perceberam que outros elementos iam surgindo, como uma luz estelar no horizonte. Eles estavam em um vale, sem grama ou árvores. Viam apenas água, pedras e terra. Um relato bem similar à criação relatada pela Bíblia: *"No princípio Deus criou os céus e a terra. Era a terra sem forma e vazia; trevas cobriam a face do abismo, e o Espírito de Deus se movia sobre a face das águas"* (Gênesis 1:1-2).

> **"ASSIM COMO ASLAM, JESUS TAMBÉM SE COMOVIA COM O SOFRIMENTO HUMANO. UM DOS VERSOS BÍBLICOS DIZ QUE "JESUS CHOROU" AO VER A MORTE DE SEU AMIGO, LÁZARO (JOÃO 11:35)".**

É no meio dessa cena que surge um leão, grande e imponente, com sua imensa boca aberta. Todos ali sabiam do perigo de estar perto de uma criatura como aquela mas, a princípio, ninguém fugiu. Eles assistem tudo de camarote e ficam maravilhados com o que veem.

> "A escolha do leão, um dos animais mais citados na Bíblia, parece consistente em uma narrativa fantástica como símbolo de Jesus Cristo. Na história do Cristianismo, o leão foi frequentemente atribuído a esse conteúdo simbólico. No entanto, as raízes dessas representações são mais antigas. A partir das Fábulas de Esopo do quinto século, o leão recebeu o título de "rei dos animais", permitindo aos leitores associá-lo a essa autoridade governante, pelo menos no reino animal. Isso se deve à sua força e porte majestoso, mas também aos seus olhos. Estes estão abertos mesmo durante o sono, com eles o leão parece ter uma visão permanente de seu ambiente" (RENCZES, 2011, s. 17-24 e SHOBER, 2019, p. 2).[3]

Logo notou-se que a música vinha da boca do Leão e, à medida que cantava, as coisas surgiam, grama, arbustos, árvores. A Bíblia relata que a criação acontecia enquanto Deus ordenava: Haja luz, haja separação entre as águas, apareça a parte seca, que a terra se cubra com vegetação e plantas, que apareça o sol, lua e as estrelas. Encham-se as águas com peixes e os céus com aves. Deus falava (ou será que Ele cantava?) e as coisas iam surgindo (Gênesis capítulo 1)!

Já em Nárnia, quando a música mudava, um elemento novo aparecia. Em um dado momento, após uma mudança na canção, a terra formou montes de lama que mais se pareciam com água fervendo. Quando eles se rompiam, saíam de dentro deles animais, das mais variadas famílias e espécies. De modo muito semelhante, é descrita a criação dos animais na Bíblia. *"Disse também Deus: Produza a terra seres viventes, conforme a sua espécie: animais domésticos, répteis e animais selváticos, segundo a sua espécie. E assim se fez"* e *"Havendo, pois, o Senhor Deus formado da terra todos os animais do campo e todas as aves do céu"* (Gênesis 1:24 e 2:19, grifo nosso). Assim como na Bíblia, Lewis apresenta os animais de Nárnia sendo formados a partir da palavra (a canção) e também formados da terra.

As coisas criadas surgiam pela canção do Leão, assim como as coisas criadas surgiram pela palavra de Deus. *"Entendemos que foi o universo formado pela palavra de Deus, de maneira que o visível veio a existir das coisas que não aparecem"* (Hebreus 11:3). Nenhuma obra-prima pode tomar forma sem um artista por trás.

---

[3] Lembrando que os leões apareceram em brasões de muitos países europeus, incluindo Grã-Bretanha, Dinamarca, Espanha, Holanda, Boêmia e Saxônia, bem como outros países menores. Tribos africanas também adotaram o leão como símbolo de realeza.

Nenhuma história pode ser contada sem um autor. Nada existe a não ser o que veio do pincel e da pena do nosso Criador (Bruner, 2005, p. 5). Outra semelhança com o relato bíblico da criação é que, após a criação dos animais em Nárnia, Aslam abre a boca, mas não emite nenhum som (lembre-se que antes ele estava cantando), pois estava soprando, um sopro prolongado e cálido. Deus também formou o ser humano do pó e também soprou sobre ele o fôlego de vida: *"Então o Senhor Deus formou o homem do pó da terra e soprou em suas narinas o fôlego de vida, e o homem se tornou um ser vivente"* (Gênesis 2:7).

Nessa crônica, aprendemos que Aslam não é somente o salvador de Nárnia (como veremos em LFG), mas também seu Criador. A Bíblia diz que, apesar de Jesus ter vindo à Terra há dois mil anos, Ele existia *"antes que houvesse mundo"* (João 17:5). Colossenses 1:15-16 repete essa ideia: *"Ele é a imagem do Deus invisível, o primogênito sobre toda a criação, pois nele foram criadas todas as coisas nos céus e na terra, as visíveis e as invisíveis, sejam tronos ou soberanias, poderes ou autoridades; todas as coisas foram criadas por ele e para ele"*. Dianne Shober, em seu artigo *Leonine imagery in C.S. Lewis's series The Chronicles of Narnia* (Imagens Leoninas na série "As Cronicas de Nárnia" de C.S. Lewis), demonstra os aspectos divinos presentes em Aslam:

> "Cada crônica apresenta Aslam com um aspecto diferente da divindade de Cristo. Em O Leão, a Feiticeira e o Guarda-Roupa Aslam é o salvador, sacrificando-se para salvar o traidor Edmundo. Em Príncipe Caspian, Aslam é o professor e comandante que instrui seus discípulos a 'vir e segui-lo'. A Viagem do Peregrino da Alvorada revela Aslam como o redentor e restaurador, libertando o rebelde Eustáquio de suas escamas de dragão e transformando-o em uma nova criatura. Aslam é o maravilhoso conselheiro e guia em A Cadeira de Prata, guiando as crianças até o destino desejado. Em O Cavalo e seu Menino, Aslam é retratado como o consolador e guardião, acalmando os medos de Shasta. O Sobrinho do Mago projeta Aslan como o criador do novo mundo narniano, cantando cada folha de grama, árvore florida e trazendo cada animal falante ou não à existência. Finalmente, em A Última Batalha, Aslam é o Deus todo poderoso e juiz, conduzindo a todos que queiram para sua pátria eterna – lugar que o corajoso rato Ripchip e os outros procuraram fervorosamente" (2019, p. 6).

E agora o mundo recém-criado tinha um problema. A feiticeira, que representava o mal, estava no mundo que tinha apenas algumas horas de existência. Ela foi levada por Digory, sendo ele o responsável por levar a maldade à recém-criada terra de Nárnia. E agora? Como resolver o problema?

Primeiro, Aslam o interroga para saber como a feiticeira chegou lá. Digory logo culpa seu tio André por tê-los forçado a viajar pelos mundos, depois coloca meia culpa em Polly[4], pois tinha que seguí-la pelos mundos até Charn, onde encontraram a feiticeira. Depois disso é que ele admite que tocou o sino e foi por sua culpa que a feiticeira foi liberta.

O relato bíblico apresenta coisa semelhante quando Deus interroga Adão e Eva por terem comido o fruto da árvore proibida. Primeiro Adão culpa a mulher, depois a mulher culpa a serpente. O ser humano tem dificuldades em assumir seus erros, é mais fácil culpar alguém: *"E Deus perguntou: "Quem lhe disse que você estava nu? Você comeu do fruto da árvore da qual lhe proibi comer?" Disse o homem: "Foi a mulher que me deste por companheira que me deu do fruto da árvore, e eu comi". O Senhor Deus perguntou então à mulher: "Que foi que você fez?" Respondeu a mulher: "A serpente me enganou, e eu comi"* (Gênesis 3:11-13).

Toda a Nárnia estava aflita por ter a maldade em seu meio, mas eles escutam a sentença de Aslam: *"mas não deixem se abater. O mal virá desse mal, mas temos ainda uma longa jornada, e cuidarei para que o pior caia em cima de mim [...] E, como a raça de Adão trouxe a ferida, que a raça de Adão trabalhe para saná-la"* (grifo nosso), (LEWIS, 2009, p. 74). Essa declaração lembra a primeira profecia bíblica, de Gênesis 3:15: *"porei inimizade entre ti e a mulher, entre a tua descendência e o seu descendente. Este te ferirá a cabeça, e tu lhe ferirás o calcanhar"*. Nos dois casos, um ser inocente receberá a condenação por causa do pecado do homem. O descendente da mulher, por um lado, terá o calcanhar ferido pela serpente, por outro lado, Aslam vai cuidar para que o pior caia sobre ele. Em ambos, um prenúncio da morte do Prometido.

Outra semelhança com o relato bíblico é que Aslam elege os primeiros Rei e Rainha de Nárnia, dando-lhes a tarefa de dar nomes aos animais. Mesma tarefa que Adão teve: *"Depois que formou da terra todos os animais do campo e todas as aves do céu, o Senhor Deus os trouxe ao homem para ver como este lhes chamaria; e o nome que o homem desse a cada ser vivo, esse seria o seu nome. Assim o homem deu nomes a todos os rebanhos domésticos, às aves do céu e a todos os animais selvagens"*. Gênesis 2:19-20.

A resolução da história se dá com uma aventura ordenada por Aslam à Digory, para o ajudar a consertar o erro de ter trazido a feiticeira para Nárnia, o que não era muito sua vontade. Na verdade, seu grande sonho era ajudar sua mãe que estava doente. Ao ouvir as palavras do menino, Aslam se comove e se emociona. *"Até aquele instante,*

---

4   Sobre Polly, o autor Joe Rigney faz um comentário com o qual nos sentimos familiarizados: "Polly é uma amiga verdadeira e atenciosa, o tipo raro que o ama o bastante para dizer-lhe o quanto você está errado, e permanece do seu lado mesmo quando você está sendo um bobão. Quero ser (e ter) esse tipo de amigo". (2020, p. 2346-2347).

só olhara para as patas do Leão; agora, com o desespero, olhou-o nos olhos. O que viu o surpreendeu mais do que qualquer outra coisa. Pois a face castanha estava inclinada perto do seu próprio rosto e (maravilha das maravilhas) grandes lágrimas brilhavam nos olhos do Leão. Eram lágrimas tão grandes e tão brilhantes, comparadas às de Digory, que por um instante sentiu que o Leão sofria por sua mãe mais do que ele próprio". (LEWIS, 2009, p. 77).

Assim como Aslam, Jesus também se comovia com o sofrimento humano. Um dos versos bíblicos diz que "Jesus chorou" ao ver a morte de seu amigo, Lázaro (João 11:35). Como nos lembra Rigney: "Aslam sabe. Ele conhece a dor. Conhece a tristeza, a aflição e a perda. É um Leão de Dores, que sabe o que é padecer. Ele se identifica tanto com a fragilidade e sofrimento de um garotinho perdido que seus olhos marejam e, em um momento de complacência gloriosa, inclina-se para dar a Digory um beijo de Leão" (2020, p. 1777-1779).

Para animar Digory nessa nova aventura, Aslam oferece uma ajuda especial, o cavalo Morango que, para ajudá-lo, recebe asas e também um novo nome: Pluma, que significa "pai de todos os voadores". Quando entravam em contato com Deus no Antigo e Novo Testamento, as pessoas tinham seus nomes mudados, como Abrão para Abraão, Sarai para Sara, Jacó para Israel, Simão para Pedro, Saulo para Paulo, etc. Quando chegarmos ao Céu, também receberemos um novo nome: *"Aquele que tem ouvidos ouça o que o Espírito diz às igrejas. Ao vencedor darei do maná escondido. Também lhe darei uma pedra branca com um novo nome nela inscrito, conhecido apenas por aquele que o recebe"* (Apocalipse 2:17).

Ao receber o cavalo alado, Digory aceitou o desafio, que consistia em apanhar um fruto mágico (uma maçã) para ser plantado em Nárnia. Esse fruto era capaz de dar vida eterna para quem o comesse mas, para que isso acontecesse, a pessoa que comesse o fruto deveria recebê-lo de outra pessoa. Digory ficou empolgado com a ideia de que o fruto poderia curar sua mãe que estava doente, mas sua missão não era levar o fruto para a mãe, e sim levar o fruto para Aslam. Só assim Digory conseguiria afastar a feiticeira de Nárnia.

Em uma das paradas nessa viagem, Pluma encontra capim para se alimentar, mas os humanos não encontram nada para comer. Pluma diz a Digory que não tem dúvidas de que Aslam sabia do que eles precisavam, mas eles precisavam pedir: "... se vocês tivessem pedido" (LEWIS, 2009, p. 81). Em Mateus 6:8 vemos esse mesmo conceito: *"... porque o seu Pai sabe do que vocês precisam, antes mesmo de o pedirem"*. Como bem afirma Wilson:

> "Esta é uma pergunta que muitos novos convertidos fazem: Se Deus já sabe o que precisamos, por que temos de pedir essas coisas em oração? Decerto é verdade que Deus sabe o que precisamos antes de pedirmos, mas mesmo assim ele quer que peçamos, pois, o ato de orar nos ajuda a aprender alguma coisa. Por exemplo, aprendemos que dependemos de Deus para tudo e que é ele quem está no controle de nossas vidas, e não nós mesmos, a Mãe Natureza ou algum destino externo. Deus sabe que esquecemos essa lição muito facilmente, por isso ele cuida para que a reaprendamos todos os dias na forma de oração" (2018, p. 157-158).

Eles continuaram a viagem e encontraram o fruto. Quando Digory viu a maçã, ficou tentado a comê-la. Começou até a ponderar aquela missão. Será que não seria apenas um conselho e não uma ordem de Aslam?

Em meio às suas dúvidas, viu a feiticeira que comia um dos frutos. Eles começaram a conversar e a feiticeira disse: *"Sei a missão que o trouxe aqui — continuou a feiticeira. — Era eu quem estava perto de vocês na noite passada, ouvindo tudo. Você colheu o fruto do jardim. Está no seu bolso. E vai levá-lo, sem provar dele, para o Leão: para que ele coma o fruto; para que ele use o fruto. Simplório! Sabe que fruto é este? É a maçã da eterna juventude. Sei por ter provado, e também já sei que jamais ficarei velha ou morrerei. Coma a maçã, rapaz, coma a maçã... e viveremos os dois eternamente e seremos reis deste mundo... ou do seu próprio mundo, se resolver voltar para lá".* (LEWIS, 2009, p. 86).

Para um cristão conhecedor do início da história humana, esse texto lembra rapidamente a tentação da serpente no Jardim do Éden. A diferença é que, no relato bíblico, quem é tentado é a mulher, Eva. Pela segunda vez, um rapaz é tentado (a primeira foi no episódio do sino), pelo que Lewis certamente não quer promover o feminismo, mas dar o seu apoio às mulheres que sofrem historicamente por causa de uma má interpretação do Gênesis, que coloca toda a culpa pela queda nas costas das mulheres. Coisa semelhante ele faz em *Perelandra*, uma das três obras de ficção científica de Lewis, em que ele cria uma Eva que resiste à tentação do mal.

E, nas duas cenas, a forma da tentação sofrida por Digory é muito parecida com aquela de Eva. A feiticeira comeu do fruto para impressionar e deixar o menino com mais vontade, assim como a serpente também tocava no fruto da árvore do conhecimento do bem e do mal e dizia que só conseguia falar, pois já tinha provado do fruto. Ao tentar a mulher, a serpente começou a misturar a verdade com a mentira. *"Foi isto mesmo que Deus disse: Não comam de nenhum fruto das árvores do jardim?"* (Gênesis 3:1). Não foi isso que Deus falou! Deus disse para não comer de uma árvore específica! Depois dessa mentira, a serpente contou outra *"certamente não morrereis"* (Gênesis 3:4). Deus tinha dito que, se o casal comesse do fruto, morreria (Gênesis 2:17). Essa é a estratégia do inimigo de Deus, nos enganar misturando coisas que são boas, verdadeiras com a mentira. A feiticeira fez a mesma coisa. Ela modificou as palavras de Aslam, chegando a chamá-lo de escravo de Aslam.

Outra referência é o fato de a serpente falar que, ao comer do fruto, Eva seria como Deus, conhecedora do bem e do mal. A feiticeira também tenta a Digory dizendo que eles seriam reis ao comer do fruto. Só que, ao contrário da história bíblica, Digory não cai na tentação, ele consegue voltar e entrega o fruto para Aslam que, ao receber a maçã, o cumprimenta com a frase "agiu bem", um cumprimento também usado por Jesus na parábola dos talentos. Nessa parábola, vemos a história de um homem que precisou viajar e confiou alguns talentos (moeda da época) para seus funcionários. A um deu cinco talentos, a outro dois e a outro apenas um. O que recebeu cinco conseguiu dobrá-los, através de um investimento. O que tinha recebido dois, também conseguiu ganhar mais dois, mas o que tinha um o enterrou com medo do seu patrão. Quando o chefe voltou foi prestar as contas e, ao receber os talentos novamente, usou a expressão *"muito bem, empregado bom e fiel"* para os dois que procuraram ganhar um lucro com o valor confiado (Mateus 25:14-30).

Depois disso, Aslam planta o fruto e uma nova árvore nasce. O perfume da árvore afastaria a feiticeira de Nárnia. Mesmo contemplando essa cena, Digory continua triste, pois não via solução para o problema de sua mãe. Aslam, entretanto, surpreende Digory dando um fruto da árvore recém-plantada para que ele a levasse para sua mãe. No universo de Digory, a maçã não daria vida eterna à sua mãe, mas faria com que ela se recuperasse da doença. E a semente da maçã também produziria em uma árvore, cuja madeira seria usada para a confecção do guarda-roupas de LFG.

O interessante é que a Bíblia também fala de uma árvore que dá vida: *"Então o Senhor Deus fez nascer do solo todo tipo de árvores agradáveis aos olhos e boas para alimento. E no meio do jardim estavam a árvore da vida e a árvore do conhecimento do bem e do mal"* (Gênesis 2:9). Adão e Eva comiam do fruto dessa árvore, que fazia seus dias na Terra se prolongarem. Adão viveu "pouco" tempo, somente 930 anos! Efeitos da árvore da vida! E olha que ele foi proibido de comer, após ter pecado e sido expulso do Jardim do Éden: *"Então disse o Senhor Deus: Agora o homem se tornou como um de nós, conhecendo o bem e o mal. Não se deve, pois, permitir que ele tome também do fruto da árvore da vida e o coma, e viva para sempre"* (Gênesis 3:22).

Imagine como o fruto dessa árvore é poderoso! Quem come desse fruto vive para sempre! Mas como Adão e Eva se desviaram dos planos de Deus, Ele colocou querubins com uma espada flamejante para proteger o caminho que levava até ela (Gênesis 3:24). Segundo Apocalipse 2:7, as folhas dessa árvore servem para curar e ela dá frutos doze vezes por ano, ou seja, uma vez por mês. O interessante é que uma das promessas para as pessoas que serão salvas é que elas voltarão a comer do fruto dessa árvore. *"Aquele que tem ouvidos ouça o que o Espírito diz às igrejas. Ao vencedor darei o direito de comer da árvore da vida, que está no paraíso de Deus"* (Apocalipse 2:7, mas veja também Ezequiel 47:12).

O ser humano não é portador de vida. Essa só pode ser dada por meio de Deus, que é o único que tem vida em Si mesmo. Aslam ofereceu vida à mãe de Digory. Cristo oferece vida aos seres humanos. Quando Digory volta para casa, ele sente que as coisas perderam a cor. *"Durante o resto do dia, ao olhar para as coisas, todas tão comuns e sem magia, não chegou a ter grandes esperanças. Esta, a esperança, só veio quando se lembrou dos olhos de Aslam"*. (LEWIS, 2009, p. 96). Assim como Digory, quando temos um contato com o espiritual, nosso mundo também se torna vazio e sem cor, pois agora temos uma pálida noção do que Deus tem preparado para nós. Yago Martins, criador do canal *Dois Dedos de Teologia*, lembra que, com a história de Digory, aprendemos que os pecados devem ser confessados para encontrarmos o perdão (Salmo 32:3, 5). Mas mesmo confessando, nossos pecados trazem consequências. Como exemplo disso, vemos que o pecado de Digory alterou todo o futuro de Nárnia. Só que podemos aprender mais coisas com Digory! Aprendemos que o seu encontro com Aslam o mudou completamente, pois quando nos deparamos com o Leão da tribo de Judá, nosso caráter é transformado e a nossa esperança é posta no devido lugar.

Por fim, a história de Digory será contada em Nárnia pelas gerações que virão, assim como a história de Maria, irmã de Marta e Lázaro que lavou os pés de Jesus com óleo de nardo seis dias antes da Páscoa. Ela veio, quebrou o alabastro e derramou esse óleo tanto na cabeça quanto nos pés de Jesus, ato que representava que ela estava preparando Seu corpo para o sepultamento. Esse óleo era caríssimo, importado da Índia e um jarro custava o equivalente ao salário de um ano inteiro de um trabalhador. Hoje seu vilarejo, Betânia, só é lembrado por essa história (Marcos 14:3-9).

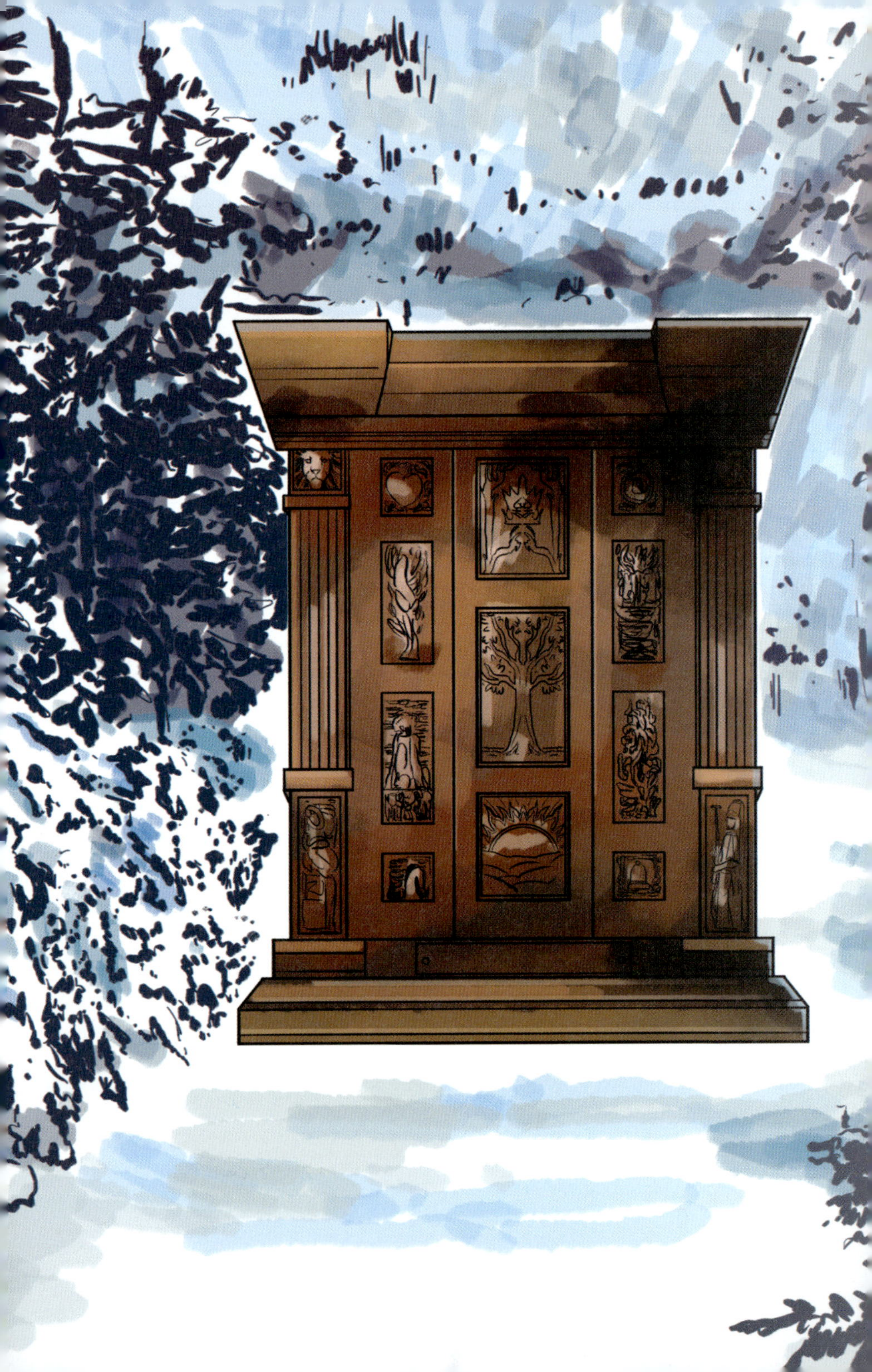

2. O LEÃO, A FEITICEIRA E O GUARDA-ROUPA

The Lion, the Witch and the Wardrobe, ilustrado por Pauline Baynes London: Geoffrey Bles, 1950, traduzido para o português com o título de O Leão, a Feiticeira e o Guarda-Roupa.

Quatro irmãos, Pedro, Susana, Edmundo, e Lúcia descobrem um mundo mágico, através de um guarda-roupa comum da casa de um *professor*, onde permanecem refugiados durante a II Guerra Mundial. Lúcia, a primeira a descobrir sozinha o mundo de Nárnia, através do fundo falso do guarda-roupas, topa com um fauno, à luz de um poste numa floresta escura, repleta de neve. Depois do primeiro susto, ele a convida para um chá, no qual conta várias histórias sobre Nárnia, incluindo o plano da Feiticeira Branca - por sua causa é *sempre inverno e nunca Natal*[5] - contra os Filhos de Adão.

---

5   *LFG*, p. 23.

De volta ao mundo de cá, é recebida com desconfiança, pois nenhum tempo havia passado no mundo real enquanto Lúcia estava em Nárnia e o guarda-roupas mostrava-se com um fundo comum, o que põe Lúcia sob suspeita de estar inventando toda aquela história. Edmundo tem dúvidas sobre a imaginação de Lúcia, mas também descobre Nárnia quando resolve seguí-la para dentro do guarda-roupa, que volta a dar acesso a esse mundo. A primeira pessoa que ele encontra, a Feiticeira, convence-o, com seu *Manjar Turco*, a incumbir-se de trazer os outros três irmãos para Nárnia. Edmundo e Lúcia voltam juntos para o quarto da casa. Mas Edmundo nega tudo, alegando que não passava de imaginação. Quando Pedro e Susana discutem com o professor a possibilidade de Lúcia estar ficando louca, para surpresa deles, ele acredita na história, admirando-se com a falta de lógica predominante nessas escolas. Finalmente, depois de se refugiarem novamente no guarda-roupas, todas as quatro crianças vão parar em Nárnia e descobrem, voltando à casa do fauno, que ele foi preso pela feiticeira. Um castor falante os atrai através de um pintarroxo e os leva até a sua casa. Lá as crianças ficam conhecendo as antigas profecias a respeito de Aslam e dos quatro tronos de *Cair Paravel*. Após o jantar, ouvem, pela primeira vez, o nome de Aslam, o que provoca neles um sentimento numinoso muito bom (exceto em Edmundo, que passa mal...). Assim que ficam sabendo que Aslam estava para aparecer na Mesa de Pedra para resgatar Nárnia, dão pela falta de Edmundo. O castor deduz que ele foi ao encontro da feiticeira, e a comitiva resolve partir imediatamente para a Mesa de Pedra, fugindo da feiticeira, que provavelmente iria procurá-los.

No caminho para o castelo da feiticeira, Edmundo sofre muito com o frio e descobre narnianos petrificados pela feiticeira espalhados pelo pátio, inclusive um leão, que supõe ser Aslam. Já as crianças encontram seres mitológicos, animais falantes e até mesmo o Papai Noel em pessoa, que anuncia que Aslam está a caminho e lhes entrega presentes. Enquanto isso, a neve começa a derreter...

Munida das informações necessárias trazidas por Edmundo, a feiticeira resolve usá-lo como refém e partir imediatamente para a Mesa de Pedra. Ao invés de manjar turco, ele recebe pão velho e seco. Quando as crianças chegam à Mesa de Pedra, Aslam aparece convocando todos os narnianos falantes e incumbe Pedro de liderar a Primeira Batalha dos narnianos contra as tropas enviadas pela feiticeira. Os narnianos conseguem soltar Edmundo das garras da feiticeira, mas ela pede salvo-conduto, alegando que tem direito ao sangue de todo traidor, de acordo com o que está escrito na Mesa de Pedra. Aslam negocia, em particular, as condições para a libertação de Edmundo e, no dia seguinte, entrega-se à tortura e morte na Mesa de Pedra. Susana e Lúcia tornam-se testemunhas oculares do sofrimento às vésperas da morte de Aslam e de sua ressurreição, quebrando a Mesa de Pedra. Aslam brinca com elas e voa até o castelo da feiticeira, onde devolve as estátuas de pedra à vida. Na Batalha final, que ficou conhecida como a Batalha de Beruna, Edmundo, já arrependido e perdoado pelos irmãos, consegue derrotar a feiticeira, mas teria igualmente morrido se não tivesse tomado o licor curador de Lúcia, recebido de presente do Papai Noel.

No final da história, Aslam oferece uma grande festa de coroação às crianças e desaparece. Após alguns anos de reinado feliz em Nárnia, já adultos, numa caçada ao veado branco, elas reencontram o poste-de-luz onde tudo começara e acabam retornando à Londres, através do mesmo guarda-roupa.

Quando relatam ao professor a razão para o sumiço dos casacos do guarda-roupa, com os quais se protegeram contra o frio de Nárnia, o mesmo acredita em toda a história e anuncia que esta seria apenas a primeira de uma série de aventuras e que as crianças poderiam voltar à Nárnia, ainda que nunca pelo mesmo caminho.

• • •

2.1 SIMBOLOGIA BÍBLICA EM "O LEÃO, A FEITICEIRA E O GUARDA-ROUPA"

> *Toda a história do Leão começou com a imagem de um fauno carregando um guarda-chuva e embrulhos em um bosque na neve. Essa imagem permaneceu na minha cabeça desde os 16 anos. Então, certo dia, estando já eu com cerca de 40 anos de idade, disse a mim mesmo: "Por que não inventar uma história a partir disso?" (Idem, p. 42).*

De todas as Crônicas de Nárnia, essa é a mais querida e mais famosa, e também a que tem as simbologias mais estudadas e até mesmo conhecidas entre as demais. Vários livros foram escritos para explicar como o evangelho é descrito nessa história, já que é nítido que existe uma outra história de fundo acontecendo na trama.

Como literatura, é prudente pensar que essa crônica é uma parábola com alusões ao cristianismo, em vez de considerá-la uma alegoria, que tem uma moral embutida. Parábolas são histórias que nos ensinam valores morais e éticos. Um passeio pela crônica de Lewis coloca o leitor num universo de passagens bíblicas e requer mais atenção para perceber as relações entre os textos, uma vez que não se pode ler um texto como se ele estivesse, em todos os sentidos, isolado de outros escritos. O ser humano, ao escrever consciente ou inconscientemente seus textos, remete o leitor sempre a outros textos. O leitor é, portanto, chave importante nesse processo de criação, chegando a ser tão necessário quanto o autor do texto criado. Tanto é que, quando as crianças voltam de Nárnia, o professor reforça a realidade da sua história, se lamenta sobre o que estão ensinando nas escolas e os adverte a não falarem sobre Nárnia a pessoas que não tem ouvidos para ouvir, em um discurso que termina com uma profecia.

Antes de nos aprofundar em toda a simbologia dessa crônica, gostaria de fazer uma rápida explicação. Alguns autores comparam o guarda-roupas com a Bíblia, pois foi através dele que as crianças descobriram um mundo novo. Primeiramente devemos lembrar que nem tudo o que está nas crônicas tem um simbolismo, um significado. Precisamos tomar muito cuidado com isso, pois, do contrário, recairemos numa interpretação alegorizante, em que tudo o que se diz é logo interpretado de forma necessária, como se houvesse apenas um significado.

Em segundo lugar, os meios para o "ingresso" ao mundo de Nárnia são múltiplos: a porta em *O leão, a feiticeira e o guarda-roupa* e, em *A última batalha*, o quadro de *A viagem do peregrino da alvorada*, além de outros objetos, tais como a estação de trem de *A última batalha* e a floresta entre mundos de *O sobrinho do mago*. Esse simples detalhe me fez refletir. Como conhecemos melhor o mundo espiritual? É através unicamente da Bíblia? É, sem dúvida, através dela com revelação especial e incomparável. Mas não necessariamente! Existem outras formas da revelação de Deus. Por exemplo: a natureza. Quando vemos a complexidade de uma flor, dos animais e até do corpo humano, percebemos que existe um Criador por trás de um projeto tão inteligente. Outra forma da revelação divina, que é especial, são os milagres. Os milagres são causas sobrenaturais que fogem à explicação. Quando vemos alguém curado de forma miraculosa, pensamos que existe algo maior por trás da medicina. Isso sem contar as manifestações de Deus através da história. Os relatos de como Deus agiu na história humana e guiou um povo em especial são uma outra forma de Sua revelação. Deus se revela a nós, porque quer que nós O conheçamos. Ele faz isso de diversas formas, por isso, precisamos estar atentos ao mundo espiritual que nos cerca!

Quem descobriu Nárnia foi Lúcia, a menor e mais inocente dos quatro irmãos, talvez simbolizando o fato de que é a pureza que permite perceber as realidades espirituais. Já o fato de que os outros não acreditaram em suas histórias sobre Nárnia, pode simbolizar a descrença daqueles que não tiveram a experiência da revelação cristã.

A discussão entre o Professor e Susana sobre a "lógica" da mensagem de Lúcia lembra as discussões que os cristãos enfrentam sobre as relações entre "fé e razão". O estilo pedagógico e racional do professor, de grande clareza e eficiência na argumentação, pode nos remeter à apologética cristã do próprio C.S. Lewis. Observe com atenção esse diálogo, quando as crianças vão contar ao professor o que tinham ouvido da boca de Lúcia sobre Nárnia:

• • •

– Entrem – disse o professor, ao ouvir as pancadas na porta.

Ofereceu-lhes cadeiras e disse que estava às ordens. Escutou-os com toda a atenção, dedos cruzados, sem interrompê-los até o fim da história. Ficou calado durante muito tempo. Tossiu para limpar a garganta. E disse a coisa que eles menos podiam esperar:

– E quem disse que a história não é verdadeira?

– Oh, mas acontece... – começou Susana; e parou por aí. Via-se pela cara do velho que ele estava mesmo falando sério. Susana tomou coragem e disse:

– Mas Edmundo confessou que eles estavam fingindo.

– Ora, aí está uma coisa – tornou o professor – que precisa ser considerada: e com muitíssima atenção. Por exemplo, se me desculpam a pergunta: qual deles, pela experiência de vocês, é mais digno de crédito, o irmão ou a irmã? Isto é, quem fala sempre a verdade?

– Isto é que é gozado, professor – respondeu Pedro. – Até agora, eu só posso dizer que é a Lúcia.

– E que acha você, minha querida Susana?

– Bem, em casos comuns, penso igual ao Pedro, mas aquela história do bosque e do fauno não pode ser verdade.

– É o que a gente nunca sabe – disse o professor. – Não se deve acusar de mentirosa uma pessoa que sempre falou a verdade; é mesmo uma coisa séria, muito séria.

– Mas o nosso medo não é que ela esteja mentindo – replicou Susana. – Chegamos a pensar se ela não está doente da cabeça...

– Acham que ela está louca? – perguntou, calmamente, o professor. – Podem ficar descansados: basta olhar para ela, ouví-la um instante para ver que não está louca.

– Mas, então... – disse Susana, e calou-se. Nunca tinha pensado que uma pessoa grande falasse como o professor, e não sabia bem o que havia de pensar de tudo aquilo.

– Lógica! – disse o professor a si mesmo. – Por que não ensinam mais lógica nas escolas?

E, dirigindo-se aos meninos, declarou:

– Só há três possibilidades: ou Lúcia está mentindo; ou está louca; ou está falando a verdade. Ora, vocês sabem que ela não costuma mentir, e é evidente que não está louca. Por isso, enquanto não houver provas em contrário, temos de admitir que está falando a verdade. (LEWIS, 2009, p. 123)

• • •

Essa discussão ecoa as acusações que muitos cristãos escutam, como "não me diga que você acredita em um mundo espiritual, não me diga que você acredita em Deus!" Susana fala que acreditar em um mundo diferente é logicamente impossível. O professor retruca: é isso o que estão ensinando nas escolas? Por causa da educação moderna não acreditamos mais no impossível, no espiritual. Preste atenção no argumento do professor: Edmundo é o que mais fala a verdade entre vocês? Se Lúcia não está louca e nem mentindo, muito provavelmente ela esteja falando a verdade! Esse foi o mesmo argumento para os mártires! Por que alguém aceitaria morrer por uma mentira? Nesse trecho C. S. Lewis nos ensina um ótimo argumento apologético[6] em pouquíssimas palavras.

> "Pedro e Susana não acreditam no relato de Lúcia sobre suas aventuras, mas o professor os desafia com lógica. Ele ressalta que existem apenas três possibilidades: ou ela está contando mentiras, ou está louca, ou está dizendo a verdade. É como o famoso 'trilema' de Lewis, onde ele argumentou que Jesus não é apenas um grande professor de moral, mas para Ele dizer o que disse e fazer o que fez, Ele deveria ser um mentiroso, um lunático ou, de fato, o Senhor". (tradução livre de Waugh, 2016, p. 33).

Curiosamente, até os nomes dos personagens dessa e das demais crônicas, foram escolhidos com cuidado. Marvin Hinten, um dos grandes especialistas mundiais em *As Crônicas de Nárnia,* estabelece várias relações entre essa crônica e a Bíblia. Em sua tese de doutorado, *Parallels and Alusions in the Cronicles of Narnia* (Correspondências e alusões nas Crônicas de Nárnia), de 1996, ele explica que o nome do professor, no original inglês, Kirke, que é o dono da casa onde os meninos ficaram hospedados, origina-se do nome turco usado para palavra igreja (Kirk). Há, ainda, uma alusão ao nome do antigo professor particular de Lewis, Kilpatrick.

Que quer dizer tudo isso? As crianças entram em Nárnia pela casa do professor Kirke, que representa a Igreja (o templo institucional e o corpo de Cristo) e o conhecimento formal. De acordo com a crônica *O sobrinho do mago,* o guarda-roupa que está na casa é feito da mesma madeira da árvore que Ari plantou para obter a maçã mágica, que salvaria a vida de sua mãe. A velha árvore não existe mais, foi derrubada e reaproveitada.

Hinten explica também as origens antigas de alguns nomes, tais como *Aslam* ou *Arslam*, que provavelmente signifique "leão" em turco, e *Jadis*, significando "velho, an-

---

6   Apologética é, como se sabe, a arte da defesa da fé.

tigo, ultrapassado" do francês antigo. Lembrando que o diabo é chamado de "antiga" serpente em Apocalipse 12:9. Esse uso de nomes com seus possíveis significados aconteceu porque Lewis era entendido em linguagem. Por isso, fica difícil acreditar que ele escolheu o nome de seus personagens ao léu. Alguns autores até entendem que o nome Edmundo teria mais referências em português do que em inglês. Parece que Lewis teria feito uma mistura de línguas. Sendo o nome Edmundo, representando alguém que "é do mundo", ou seja, os seres humanos de forma geral. Alguns possíveis significados dos nomes dos principais personagens seriam: Edmundo, o mundo que se opõe a Deus; Susana, a pureza do lírio; Lúcia, a luz; e Pedro, a rocha.

Algo proposital foi o fato de Lewis chamar seus personagens de "Filhos de Adão" e "Filhas de Eva". No livro de Salmos (8:4, 80:17 e 144:3), por exemplo, esta expressão também aparece. Na verdade, esse artifício de um nome ter um significado também é muito utilizado no texto bíblico. Os nomes tinham um significado conforme o futuro e caráter do personagem. Isso acontecia porque os significados dos nomes são muito importantes para os judeus, como no mundo semita em geral. Jacó, por exemplo, significa "enganador", que foi exatamente o que ele fez com seu irmão: o enganou para ter direito à primogenitura. Outro exemplo é o de Abraão, que teve seu nome trocado para ser o pai de uma grande nação, sendo que seu nome significa "pai de uma multidão" ou "pai de muitos". O próprio nome Jesus significa "Deus é salvação".

Sobre Aslam, MCGrath afirma que "a figura do leão já era amplamente usada na tradição teológica cristã como uma imagem de Cristo, seguindo a referência a Cristo no Novo Testamento como o "Leão da tribo de Judá, a Raiz de Davi" (Apocalipse 5:5)." (MCGRATH, 2013, p. 238). Em uma carta para um amigo, C. S. Lewis declarou que Aslam não era uma figura alegórica, como aquelas do livro de John Bunyan *"O Peregrino",* pois, para Lewis, havia uma restrita definição literário-acadêmica da palavra alegoria. Em vez disso, ele explicou, Aslam é uma invenção na tentativa de responder à pergunta imaginária: "Como Cristo seria se, realmente, houvesse um mundo como Nárnia e Ele escolhesse encarnar, morrer e ressuscitar, como já o fez em nosso mundo?" (DITCHFIELD, 2010, p. 65).

Algo interessante é que Aslam tem muitos nomes: Rei, Senhor, Filho do Grande Imperador de Além-Mar, Rei dos Animais, o grande Leão. A Bíblia também apresenta vários nomes e títulos para Jesus, como: Filho de Deus, Filho do Homem, Príncipe da Paz, Advogado fiel, Alfa e o Ômega, o Primeiro e o Último, Autor da Vida, Autor da Salvação, Cordeiro de Deus, o Ungido, o Leão da Tribo de Judá, a Cabeça da Igreja, Consolador, Emanuel, a Estrela da manhã, Justo Juiz, o Messias, nosso Mediador, o Noivo, a Porta, o Descendente esperado, nosso Redentor, a Verdade, a Palavra, o Verbo, Ele é a Pedra angular, nosso Sumo Sacerdote, o Santo, Santo, Santo!

O caráter pessoal de Deus aparece nesse conto, misturado ao mistério, inicialmente na figura de Aslam, que representa Cristo, já na primeira vez em que as crianças ouvem o seu nome. Esse nome afeta as crianças, porque elas ficam marcadas pelo caráter de Deus. O conceito de um Deus pessoal, peculiar ao cristianismo, é a pauta que une todas as passagens de *O leão, a feiticeira e o guarda-roupa*. Por isso, há quem compare as quatro crianças que anunciaram a vinda de Aslam e da libertação, aos quatro evangelhos, sendo as duas personagens mais evidentes Lúcia, para o evangelho de Lucas, e Pedro, para o de Marcos que, mesmo tendo sido escrito por Marcos, provavelmente teve uma forte influência de Pedro.

Além da questão dos nomes e do caráter pessoal de Deus, existem poemas nessa crônica que lembram muito alguns trechos na Bíblia, como por exemplo: "o mal será bem quando Aslam chegar" e "Ao seu rugido, a dor fugirá. Nos seus dentes, o inverno morrerá. Na sua juba, a flor há de voltar". Esses trechos lembram Apocalipse 5:5 que diz: *"Então um dos anciãos me disse: 'Não chore! Eis que o Leão da tribo de Judá, a Raiz de Davi, venceu para abrir o livro e os seus sete selos"*. No Antigo Testamento, o povo judeu é comparado a filhotes de leão, que são consolados e defendidos por ele: *"Eles seguirão o Senhor; ele rugirá como leão. Quando ele rugir, os seus filhos virão tremendo desde o ocidente" (*Oséias 11:10).

Olhe outra das velhas canções: "Quando a carne de Adão, quando o osso de Adão, em Cair Paravel, no trono se sentar, então há de chegar ao fim a aflição." Essa canção pode ser comparada ao seguinte trecho bíblico: *"Por Jerusalém me regozijarei e em meu povo terei prazer; nunca mais se ouvirão nela voz de pranto e choro de tristeza" (*Isaías 65.19).

Depois de adentrar em Nárnia, somos apresentados a diversas simbologias bíblicas. No começo da aventura, por exemplo, Lúcia é atraída pela curiosidade de descobrir o que tinha dentro do guarda-roupas e, enquanto entrava nele, ia sendo guiada pela luz de um lampião ou poste de luz. Em que contexto a Bíblia menciona a lâmpada? *"A tua palavra é lâmpada que ilumina os meus passos e luz que clareia o meu caminho"* (Salmo 119:105). E quem é a luz? Vamos relembrar o que já vimos no capítulo sobre a simbologia bíblica: *"Eu sou a luz do mundo. Quem me segue, nunca andará em trevas, mas terá a luz da vida"* (João 8:12).

Ao ingressar em Nárnia, Lúcia sente a neve embaixo dos pés e encontra o fauno junto ao poste de luz, que virá a tornar-se clássico. Esse item nos lembra do também famoso candelabro do santuário do primeiro templo judeu. Pouco tempo se passa e logo as crianças começam sua jornada pela floresta, guiadas por um castor, atitude que lembra a caminhada do povo de Israel pelo deserto, orientado por sinais visíveis de um Deus invisível. Aliás, quanto mais as crianças penetram na floresta, mais concreto e misterioso vai-se configurando o meio.

Em vários momentos nessa crônica, vemos referências a uma profecia que falava sobre a vinda das crianças para Nárnia, assim também como a vinda de Aslam. Quando falamos em profecia é bom destacar que existe mais de seis mil profecias na Bíblia, das quais mais da metade já se cumpriram literalmente. Só da vida de Jesus, são mais de trezentas profecias cumpridas!

Como as profecias sobre Aslam, há inúmeras profecias na Bíblia sobre a vinda do Messias, "o Ungido". Um exemplo claro é o trecho: *"O mal será bem quando Aslam chegar, ao seu rugido, a dor fugirá, nos seus dentes, o inverno morrerá, na sua juba, a flor há de voltar"*. Ele pode ser comparado a Mateus 4:16, que cita a profecia de Isaías 9:2: *"O povo que caminhava nas trevas viu uma grande luz. Sobre os que habitam a terra da sombra, brilhou uma luz"*. Sim, o mal pode parecer que vai vencer, mas será um grande perdedor ao final.

Ao conhecerem Nárnia, Lúcia e Edmundo têm reações, sentimentos e expressões diferentes. Lúcia, quando faz a descoberta, quer compartilhar com os demais irmãos. Quer repartir a experiência que teve, diferente de Edmundo. Essa atitude lembra muito a parábola do semeador (Mateus 13). Um homem saiu para semear e suas sementes caíram em diversos tipos de terrenos. Algumas sementes geraram frutos, outras não. Jesus explicou essa parábola afirmando que é exatamente isso que acontece com as pessoas que escutam o Evangelho. A "semente" é a mesma, mas as pessoas são diferentes, assim como a recepção à mensagem pregada.

A diferença da reação de Lúcia e Edmundo ao nome de Aslam é apenas uma entre muitas. Aliás, a relação de Lúcia com Edmundo é meio conturbada (assim como a dos irmãos Caim e Abel, que tinham dificuldade em se relacionar, conforme pode ser visto em Gênesis 4). Quando Edmundo procurou Lúcia, acabou tendo um encontro com a Feiticeira Branca e sua varinha mágica. Muitos de nós conhecemos inúmeras histórias de feiticeiras e varinhas mágicas realizadoras dos mais profundos desejos. Na Bíblia, temos a famosa vara de Arão, por meio da qual Deus fez alguns milagres do povo de Israel (Êxodo 7:12), e mais 36 referências no Antigo Testamento. Ao contrário dos contos de fadas, porém, as "varinhas" a que a Bíblia se refere não são usadas ao bel-prazer do homem, nem para satisfazer algum capricho ou desejo de poder, mas para tirar o povo de situações difíceis e também para sua disciplina.

Essa Feiticeira Branca se autodenomina a Rainha de Nárnia, mesmo não tendo direito a esse título. O Diabo também diz ser o Príncipe desse mundo, pois perdemos o direito sobre ele quando Adão e Eva caíram em pecado. Edmundo cai na tentação da Feiticeira a acaba entregando seus irmãos a ela. O interessante é que, enquanto ela estava interessada na informação dele, tratou-o muito bem. Quando conseguiu o que queria, passou a tratá-lo muito mal! É dessa forma que o inimigo age. Ele nos oferece coisas boas, como se fosse bom, mas está escondendo quem verdadeiramente é. O que ele nos dará em troca de nossa "obediência" não será nada bom, mas sim, horrível!

Para convencer Edmundo a entregar seus irmãos, a Feiticeira oferece-lhe um prato: Manjar Turco! Esse processo de sedução nos remete à história dos gêmeos Jacó e Esaú, na qual Esaú põe a perder sua herança por um prato de lentilhas. De acordo com a definição bíblica, Satanás é, acima de tudo, o "pai da mentira", modelo que Jacó usa ao disfarçar-se de Esaú para herdar os direitos de primogenitura. Afinal, nos tempos antigos, o primeiro filho recebia não apenas uma parte maior da herança, deixada pelos pais, mas também uma bênção toda especial. Jacó era o filho mais novo, mas queria essa bênção. Como seu pai Isaque já estava bem velhinho, não conseguia mais enxergar. Por isso, Jacó se vestiu com roupas mais peludas e tentou imitar a voz de seu irmão. O seu pai acabou sendo enganado e o abençoou, no lugar do seu irmão mais velho, Esaú. E a história é tão terrível que marca o destino de uma nação inteira. Na verdade, nosso inimigo já tentou Adão, Eva e até mesmo o próprio Jesus com comida! Por sisso, devemos tomar muito cuidado, pois assim como a feiticeira cumpriu os desejos de Edmundo, o diabo também procura cumprir os nossos. E ele nos tenta até hoje com o nosso apetite. Lewis parece estar nos dizendo aqui: Cuidado! Lembre-se: nosso corpo é templo do Espírito Santo (1 Coríntios 6:19).

Na verdade, Edmundo é o anti-exemplo da história. No entanto, a traição cometida por ele é o tema central na história dessa crônica. Na verdade, sua traição nos remete à primeira traição ocorrida em nosso mundo. Pois, através de uma única pessoa que comete um erro, a desgraça e as consequências caem sobre muitos. A primeira história desse tipo aconteceu com Adão e Eva, sendo que a desgraça recaiu sobre toda a humanidade, sem exceção.

De certa forma, Edmundo também nos lembra um grande traidor da história: Judas, que foi o discípulo que traiu Jesus. Mas, ao contrário de Judas, ele se arrepende e é perdoado (como Judas teria sido, se tivesse se arrependido). Enquanto a traição de Edmundo acontece, seus irmãos percebem que a neve de Nárnia começa a derreter. Sobre isso, McGrath comenta:

• • •

Uma das imagens visuais mais fortes em O leão, a feiticeira e o guarda-roupa é o derretimento da neve, significando a quebra do poder da feiticeira e o iminente retorno de Aslam. Lewis usou essa vigorosa imagem para descrever a diminuição de sua própria resistência ao advento do divino em Surpreendido pela alegria, ao refletir sobre sua própria conversão: "Eu me senti como se fosse um homem de neve que, depois de muito tempo, começara a derreter. O derretimento começava nas costas; gota a gota e, logo depois, fio d'água por fio d'água. Eu não gostava nada do que sentia". (MCGRATH, 2013, p. 125).

• • •

Lewis estava congelado pelo pecado e, ao iniciar o seu processo de conversão, começou a descongelar. O fato de ser sempre inverno em Nárnia é uma referência à frieza, rigidez e esterilidade do pecado.

Enquanto a neve vai descongelando e as crianças estão a caminho da Mesa de Pedra, elas se encontram com o bom velhinho, Papai Noel. Alguns críticos acham que essa cena seria desnecessária, pois as crianças poderiam ter recebido suas armas de presente do próprio Aslam, que é a imagem de Deus. Algo que me chama a atenção é que o Papai Noel sempre aparece em dezembro, no Natal. É exatamente nessa data que os cristãos comemoram o nascimento do seu Salvador. Acredito que existia uma filosofia por trás do simples fato do Papai Noel aparecer. "O Papai Noel simboliza a vinda de Aslam (Jesus) e o fim de um tempo terrível" (Gillespie, 2008, p. 119). Vejo que Lewis queria demonstrar as simbologias que ligariam Aslam a Cristo. Os presentes recebidos foram: um escudo e uma espada para Pedro; um arco, uma aljava cheia de setas e uma "trompazinha" de marfim[7] para Susana, uma garrafinha que parecia de vidro[8] e um punhal para Lúcia. Em Efésios 6:11-17, o apóstolo Paulo exorta aos cristãos que vistam toda a armadura de Deus para poderem ficar firmes contra as ciladas do Diabo: a cinta da verdade; a couraça da justiça, a sandália da preparação do evangelho da paz, o escudo da fé, o capacete da salvação e a espada do Espírito. Portanto, é provável que as armas presenteadas para as crianças tenham uma referência com essa armadura que acabamos de ver.

Outro trecho interessante de notar é quando nossos aventureiros estavam à procura de Aslam, e ao conversar com o Sr. Castor, ele diz:

• • •

- Mas ele é tão perigoso assim? – perguntou Lúcia.
– Perigoso? – disse o Sr. Castor.

---

7 O símbolo dessa trompa de marfim de Susana poderia ser a oração. Quando você toca uma trompa assim, ele chama alguém para vir e ajudá-lo. Quando oramos, precisamos nos lembrar que Deus nos escuta e também pode enviar os anjos para nos ajudar!

8 O presente de Lúcia é o frasco de licor de cura, que poderia representar o dom espiritual da cura.

> – Então não ouviu o que Sra. Castor acabou de dizer? Quem foi que disse que ele não era perigoso? Claro que é, perigosíssimo. Mas acontece que é bom. Ele é REI, disse e repito...
> - Quando vocês virem Aslam, hão de entender tudo.
> - E chegaremos a vê-lo um dia? – perguntou Susana.
> - Mas é claro, Filha de Eva: foi para isso que eu trouxe todos até aqui. Vou guiá-los até ele. (LEWIS, 2009, p. 73).

• • •

Esse foi o grande objetivo de Lewis com suas histórias: nos guiar ao conhecimento do Leão da Tribo de Judá! Foi por isso que ele "nos levou" para Nárnia.

Após conhecerem Aslam, uma parte que nos causa estranheza ao ler essa crônica é ver a atitude dele para com Pedro nas batalhas. Pedro se vê na situação de ter que enfrentar um lobo poderoso, mas o grande leão não faz nada para ajudá-lo. Apenas observa! Isso me fez refletir: às vezes Deus permite que passemos por dificuldades e problemas e Ele não fará nada para nos ajudar. Assim como Pedro, somos tentados a sempre esperar por uma ajuda divina visível. É claro que Lewis não está dizendo que devemos enfrentar os problemas com as nossas próprias forças, mas que devemos ir em frente, mesmo quando Aslam não está visível. Mesmo quando não o vemos, podemos ter a certeza de que Deus está, assim como Aslam, nos observando!

A "psicologia" de Cristo pode ser lembrada a partir do comportamento de Aslam. Com relação ao tratamento dos seus discípulos, Jesus os acalmava nos momentos mais difíceis (pois eles nem sempre estavam prontos para saber toda a verdade) e exortava-os para que ficassem sempre atentos e alertas, a fim de não serem surpreendidos pelo Inimigo (Mateus 13.33).

Outra cena digna de nota é quando a feiticeira envia um anão para implorar uma audiência com Aslam, ou seja, o mal só pode aparecer diante de Aslam se for autorizado por ele. Esse episódio lembra a negociação que Deus fez com o diabo a respeito de Jó, recomendando que preservasse a sua vida (Jó 2:1-6). Enquanto ela acusava a Edmundo, Aslam diz que a ofensa dele não foi contra ela, mas sim contra ele. Da mesma forma, quando pecamos a nossa ofensa é contra o próprio Deus. A feiticeira citou a lei, inscrita na mesa de pedra, de que o sangue de todo traidor pertence a ela: "Sabes que todo traidor por direito é presa minha e tenho direito de matá-lo" (p. 126). A vida de Edmundo pertencia a ela, assim como seu sangue. Ou seja, o pecado levaria à morte, e isso nos lembra um conhecido versículo: *"Pois o salário do pecado é a morte, mas o dom gratuito de Deus é a vida eterna"* (Romanos 6:23).

A feiticeira lembra Aslam da necessidade de derramamento de sangue para compensação da traição cometida por Edmundo. Existem várias referências bíblicas a respeito do sangue como purificador do pecado (Hebreus 9:22; Mateus 9:20; Lucas 8:43, entre outras). Por isso, *"se uma vítima voluntária, inocente de traição, fosse executada no lugar de um traidor, a mesa estalaria e a própria morte começaria a andar para trás..."* (LEWIS, 2009, p. 175). Aslam renunciou ao direito que tinha ao sangue de Edmundo, a feiticeira aceita a proposta e agora Aslam precisa se entregar. O grande leão faz um passeio noturno, cena que tem uma relação com a solidão de Cristo no Getsêmani (Mateus 26:38). Lewis não menciona o que Edmundo e Pedro estavam fazendo, enquanto Lúcia e Susana estavam com insônia, pressentindo coisas horríveis, mas é evidente que só podiam estar dormindo, como fizeram os discípulos enquanto Jesus agonizava.

Embora Edmundo fosse um traidor, Aslam sofreu e morreu para livrá-lo do poder da Feiticeira Branca. Lúcia pergunta à Susana: "Ele sabe o que Aslam fez por ele?". Parece que essa pergunta ainda ecoa nos nossos dias: será que sabemos o que Cristo fez por nós? A punição para o pecado de Edmundo não pode ser ignorada, esquecida ou suspensa de nenhuma forma. A falta precisa ser paga, e Aslam toma a responsabilidade sobre si mesmo. Isaías 53:4 diz sobre Jesus, *"certamente, ele tomou sobre si as nossas enfermidades e as nossas dores levou sobre si..."* O livro de 1 Pedro 2:24 diz: *"...carregando ele mesmo em seu corpo, sobre o madeiro, os nossos pecados..."*.

O ritual humilhante de raspagem da juba do leão pode ser uma alusão à "coroa de espinhos" de Cristo, assim também como a humilhação de tirarem suas vestes, terem cuspido e batido Nele (Mateus 27:28-29). Satanás achava que a morte de Cristo seria a sua vitória. A cena em que as criaturas vibram com a morte de Aslam parece demonstrar o sentimento das hostes malignas ao verem Cristo padecer. Se tudo isso não fosse suficiente para demonstrar o que Lewis queria ensinar através da morte de Aslam, as comparações e alusões à Bíblia não param por aí: *"Mas [Aslam] ficou quieto, mesmo quando os inimigos rasgaram a sua carne de tanto esticarem as cordas"* (LEWIS, 2009, p. 170). Esse trecho parece até ser uma citação de Isaías 53:7, que diz: *"Foi maltratado e resignou-se; não abriu a boca, como um cordeiro que se conduz ao matadouro, e uma ovelha muda nas mãos do tosquiador (Ele não abriu a boca.)"*.

"Em O Leão, a Feiticeira e o Guarda-Roupa, ele desempenha o papel do Filho que, sendo sem pecado, pode tomar o lugar e morrer pelo traidor, salvando o mundo. Assim como Jesus morreu para que os pecados da humanidade pudessem ser pagos e perdoados, Aslam se ofereceu como um sacrifício voluntário para que Edmundo, que desempenha o papel de Judas em O Leão, a Feiticeira e o Guarda-Roupa, e Nárnia, possa ser libertado do reinado da Feiticeira Branca". (WILSON, 2007, p. 178).

Marta Sammons, em seu livro *A Guide Through Narnia* (Um guia por Nárnia, p. 128, 1979), cita que mesmo Aslam tendo se sacrificado apenas por uma única pessoa, Edmundo, isso traz a realidade da pessoalidade e individualidade do sacrifício por ele. Cristo morreu por todos nós, mas Ele também teria morrido por uma só pessoa se fosse necessário! Outro detalhe mencionado dessa autora sobre a morte do grande Leão é que "Pauline Baynes, a famosa ilustradora da edição original das crônicas, confessou que estava em lágrimas ao desenhar esta cena para o livro, mas seus paralelos com o sofrimento de Cristo não ocorreram a ela na época" (2004, p. 78).

Após a morte de Aslam, as meninas vão à Mesa de Pedra e tentam desamarrá-lo, mas as cordas estão muito apertadas. Elas cuidaram gentilmente do corpo ferido de Aslam. Da mesma forma, os amigos de Jesus demonstraram preocupação com Seu corpo terreno. Foi José de Arimatéia quem retirou Seu corpo da cruz. Logo em seguida, ocorre um milagre: alguns ratos começam a roer as cordas que o atavam. Esse episódio parece ser uma alusão ao fenômeno natural, um terremoto, que fez rolar a pedra que tapava o túmulo de Cristo.

E, depois que as meninas passeiam pelo bosque e veem a estrela da alvorada no Oriente, anunciando um novo dia, outro milagre acontece: como as profecias haviam anunciado, a Mesa da Pedra parte-se ao meio. Assim como Susana e Lúcia testemunharam o sacrifício e ressurreição de Aslam, foram mulheres que testemunharam os mesmos eventos na vida de Jesus (Mateus 27:55-56). Ao ouvir um barulho atrás delas, Susana e Lúcia acharam que alguém tinha mexido no corpo de Aslam, mesma reação que Maria Madalena e a outra Maria tiveram ao encontrar a tumba de Jesus vazia: *"levaram o corpo do meu Senhor"* (João 20:13). Quando viram Aslam ressuscitado, acharam que estavam vendo um fantasma. Novamente, essa foi a mesma reação dos discípulos de Jesus ao vê-Lo após sua ressurreição. Assim como a Mesa de Pedra se quebrou, o véu que separava o lugar santo do santíssimo se rasgou quando Jesus morreu! Ou seja, a partir daquele momento, não seria mais necessário a morte de animais, porque o sacrifício de Jesus foi suficiente para nos salvar!

Depois dessa morte substitutiva, os narnianos combateram o exército do mal, sobrenatural e enorme da feiticeira. Essa mesma batalha aconteceu no Céu, após Jesus ter morrido e ressuscitado. O diabo foi expulso duas vezes do Céu. Antes da criação de nosso mundo, onde, depois de sua expulsão, o vemos tentando a Eva a comer do fruto proibido no jardim recém-criado. Mas depois da ressurreição de Cristo, ele foi novamente expulso. Na primeira vez em que o diabo é expulso, ele ainda tem um acesso ao Céu, tanto é que comparece por lá em uma reunião, como verificamos nos primeiros capítulos do livro de Jó. Depois da morte e ressureição de Cristo, Satanás perde totalmente esse acesso e também perde todas as oportunidades de salvação. Apocalipse 12:7-9 conta o que aconteceu: *"Houve então uma guerra nos céus. Miguel e seus anjos lutaram contra o dragão, e o dragão e os seus anjos revidaram. Mas estes não foram suficientemente fortes, e assim perderam o seu lugar nos céus. O grande dragão foi lançado fora. Ele é a antiga serpente chamada Diabo ou Satanás, que engana o mundo todo. Ele e os seus anjos foram lançados à terra".* Na verdade, essas batalhas acontecem porque o diabo quer a nossa adoração, desejando que as nossas vidas sejam dedicadas a ele. Devemos lembrar que existe, diariamente, uma guerra espiritual por nossas vidas entre Cristo e Satanás.

Assim que a grande batalha dessa crônica terminou, vemos outra ligação interessante, quando Aslam providencia alimento para todos: "Passaram a noite ali mesmo. Não sei dizer onde Aslam arranjou comida para aquela gente toda. O fato é que às oito horas estavam todos sentados na relva, para uma excelente refeição" (p. 173). Essa é uma possível referência aos dois episódios da multiplicação dos pães, narrados em Mateus 14:16-21 e 15:32-39.

Chegando ao final da história, Aslam coroa as crianças declarando: *"Quem é coroado rei ou rainha em Nárnia será para sempre rei ou rainha. Honrem a sua realeza, Filhos de Adão! Honrem a sua realeza, Filhas de Eva!"* (LEWIS, 2009, p. 183). Assim, a conversão ao cristianismo traz, por um lado, a honra de sermos considerados Filhos de Deus; por outro lado, uma tarefa eterna: a de honrar o novo título recebido de Deus. Na coroação, os irmãos Pevensie são nomeados reis e rainhas de Nárnia, com direito a receberem um novo título. É exatamente isso que acontecerá com as pessoas que forem salvas: receberão um novo nome no céu (Apocalipse 2:17)! E quais são os novos nomes recebidos pelos personagens? Lúcia é chamada "a destemida", ou seja, a luz da verdade tem que ser pregada sem medo; Susana é "a gentil", ou seja, aquela que é sensível para com os outros; Pedro, o magnífico, que significa aquele que faz grandes obras; e Edmundo, o justo, porque foi justificado pela morte do Leão! Nós também somos justificados quando aceitamos a morte de Cristo!

Certos autores e fãs também comparam o final de *O leão, a feiticeira e o guarda-roupa* com João 14:1-7, quando Cristo diz aos seus discípulos que, embora houvesse poucos lugares na casa de seu pai, ele reservaria alguns lugares para eles. Quando Tomé o busca, dizendo que não sabe onde fica essa casa, Cristo responde com uma de suas frases mais conhecidas: *"Eu sou o caminho, a verdade e a vida. Ninguém vem ao pai, a não ser por mim"* (João 14:6 – mas você lembra também o que essa frase significa, não é? Veja o capítulo dois para relembrar!).

Portanto, nessa crônica, Lewis nos explica os principais temas sobre a expiação divina: Satanás não tem mais direitos sobre a humanidade pecadora, pois Cristo nos libertou do poder de nosso inimigo morrendo em nosso lugar. Através de Sua morte, temos direito a vida que não merecíamos. Uma notícia muito boa, não é? É por isso que a história de Jesus se chama Evangelho! Ou seja, boas novas.

3. O CAVALO E SEU MENINO

The Horse and His Boy, ilustrado por Pauline Baynes London: Geoffrey Bles, 1954. Traduzido para o português com o título de *O Cavalo e o Menino* e *O Cavalo e seu Menino*.

Esse episódio começa na Calormânia, uma espécie de "Arábia" de Nárnia. A história narra como um menino, Shasta, que vivia com o padrasto em um país distante de Nárnia, tenta escapar de ser vendido como escravo por ele. Durante a fuga, encontra um cavalo falante, também escravo fugitivo de Nárnia, uma menina, Aravis, filha de nobres e uma égua, também falante. O objetivo deles é chegar a Nárnia, mas, para atingí-la, encontram uma série de dificuldades e obstáculos pelo caminho.

Com ajuda de Aslam, as crianças conseguem atravessar o deserto e acabam sabotando o plano de invasão de Nárnia. No final da história, Shasta é reconhecido como irmão gêmeo primogênito do príncipe governante de Nárnia, tornando-se herdeiro do seu trono, e casa-se com Aravis.

. . .

3.1. SIMBOLOGIA BÍBLICA EM "O CAVALO E SEU MENINO"

A terceira crônica acontece durante o reinado de Pedro, Susana, Lúcia e Edmundo e chama a atenção logo pelo seu título. "O cavalo e seu menino" mostra uma inversão no padrão normal de possuído e possuidor. Em geral, o que tem o cavalo é o ser humano, mas, pelo título da crônica, o cavalo é que possui o menino. Parece possível, em um mundo em que os cavalos têm uma inteligência igual à humana, que ocorra essa inversão de valores, mas o título da crônica leva ao pensamento do mundo de hoje, em que as coisas muitas vezes possuem os seres humanos, não o contrário. O ser humano compra "*coisas que não quer, com o dinheiro que não tem, a fim de mostrar para gente que não gosta uma pessoa que ele não é*" (Will Rogers). Quem se torna objeto das coisas valoriza o que não tem valor, o carro tem mais valor do que a esposa, a casa mais valor do que a família, a empresa mais valor do que os funcionários, as roupas ou o *smartphone* mais valor do que os amigos, o dinheiro mais valor do que a vida. Paulo, em sua primeira carta a Timóteo, diz que "*o amor ao dinheiro é a raiz de todos os males*" (1 Timóteo 6:10). O problema não é ter dinheiro, uma boa casa, um bom carro, móveis confortáveis, o problema é colocar tais coisas em um grau de importância maior que o das pessoas. Ser objeto das coisas é ser escravo delas.

A história é a terceira crônica na ordem cronológica, mas não, na ordem de publicação. Ela é quase um parêntese na história da *O Leão, a Feiticeira e o Guarda-Roupa*. A crônica está situada temporalmente entre a derrota da feiticeira e a volta de Pedro e seus irmãos para a Inglaterra. Assim como na história anterior, nessa crônica temos quatro personagens principais: o cavalo Bri, o garoto Shasta, a menina Aravis e a égua Huin.

"A história de O Cavalo e Seu Menino é de pessoas e criaturas, como nós, nascidas na realeza e destinadas à grandeza, que não perceberam isso e viveram na escravidão ou no cativeiro até escolherem a liberdade e uma nova vida. C. S. Lewis descreveu O Cavalo e Seu

Menino como sendo sobre o chamado e a conversão de um pagão". (tradução livre de WAUGH, 2016, p. 136).

De todas as crônicas, essa é a única em que não ocorre uma travessia de nosso mundo para Nárnia e as quatro crianças (de LFG) não têm uma atuação direta na história. Shasta não precisou passar do nosso mundo para o outro, como fizeram os irmãos Pevensie, para se descobrir parte de Nárnia, porque ele já nasceu um narniano. Desde as primeiras palavras dessa história, deparamo-nos com a providência de Aslam atuando de forma sutil, mas isso só fará sentido quando chegarmos no final da jornada e olharmos a história novamente.

Para escapar de ser vendido, Shasta foge e, em sua fuga, encontra-se com Bri, um cavalo falante. Ambos queriam fugir. Num momento da viagem, eles escutam um leão que parecia persegui-los. Enquanto fogem assustados, escutam outro cavalo também fugindo do que parece ser mais um leão. Os dois cavalos fogem desesperados dos leões que os perseguiam, mas quando finalmente conseguem despistá-los, cavalos e cavaleiros têm a oportunidade de se conhecerem. Para surpresa de Bri e Shasta, quem fugia ao lado deles era uma garota que se chamava Aravis. A garota montava uma égua, também falante, chamada Huin.

A ideia de escutar cavalos falando parece meio utópica, não é mesmo? O interessante é que existe uma história bíblica que nos conta que uma jumenta falou! Números 22 conta essa história, na qual o rei Balaque chamou um profeta, chamado Balaão para amaldiçoar os israelitas em troca de altos recursos. Balaão aceitou a proposta e foi com sua jumenta cumprir a tarefa, mas um anjo com uma espada flamejante impediu que eles continuassem. Balaão não viu o anjo, quem o viu foi sua jumenta. Por isso, ela procurou desviar-se do caminho e chegou até a deitar no chão. Balaão ficou irritado com aquela atitude e bateu nela com uma vara. Deus fez a jumenta falar: "O que eu te fiz para você me bater?". Balaão nem percebeu que começou a dialogar com um animal, até que Deus permitiu que ele também visse o anjo em sua frente. Ele seguiu seu caminho depois de se mostrar arrependido e, ao invés de amaldiçoar, acabou abençoando o povo de Israel três vezes.

Voltando à crônica, Aravis era uma tarcaína, o equivalente feminino de tarcã. Como ela não queria casar, planejou sua fuga. Para conseguir o feito, Aravis deu um sonífero para uma serva e fugiu com a égua Huin. Por causa dessa atitude a serva foi castigada, algo que Aravis já sabia que aconteceria, mas que não se importava, pois ela era apenas uma serva. Infelizmente, muitas vezes a vida humana é valorizada pelos títulos e feitos que a pessoa tem ou realiza. A vida não é valorizada por ser vida. O ser humano não é respeitado por ser um humano. Não apenas a atitude de Aravis para com a serva aponta a desvalorização e desrespeito com a vida humana, mas também o tratamento destinado a Shasta durante quase toda a viagem por seus companheiros, principalmente por Bri e Aravis. As opiniões e atitude de Shasta eram menosprezadas, apenas porque ele não era um nobre ou um guerreiro.

O mundo parece agir da mesma forma, mesmo em países que não têm uma classe nobre, as pessoas são valorizadas pela profissão, pela quantidade de dinheiro que ganham, pela fama ou popularidade que possuem. Dificilmente as pessoas são valorizadas unicamente por serem pessoas. Parece que o ser humano gosta de fazer distinção entre as pessoas. Um médico é tratado diferente de um atendente de *fast-food*, pois profissões e a quantidade de dinheiro trazem *status* diferentes. Aqui vemos uma grande lição moral dessa crônica, pois Aslam não age dessa forma, ele não pensa desse jeito, pois quem foi escolhido para salvar o reino de Arquelânida, reino aliado de Nárnia, era o mais menosprezado dos quatro personagens principais. Shasta, um pobre menino, filho adotivo de um pescador, sem nunca ter vivido uma batalha, sem ter tido uma educação nobre, era aquele que tinha a missão de levar a notícia importante do perigo iminente, a invasão dos calormanos.

Cristo, tal como Aslam, não faz distinção entre as pessoas. Não importa se é rico ou pobre, famoso ou desconhecido, bem-sucedido profissionalmente ou tendo dificuldades nos negócios, Cristo recebe a todos de forma igual "*o que vem a mim de maneira nenhuma o lançarei fora*" (João 6:37). O Mestre tem um propósito de vida importante para cada um, independentemente de qualquer *status* criado pelo ser humano para distinção das pessoas. Na verdade, todos somos iguais perante Ele, pois somos a obra-prima de Deus (Efésios 2:10)!

Assim como Shasta tinha um desejo muito grande de conhecer as terras ao Norte, que representava um anseio por alguma coisa que ele nunca tinha experimentado e que não podia descrever ou compreender, nós também temos um sentimento de vazio espiritual. Temos saudade de um lar perdido, para o qual desejamos retornar. Nesse lugar cremos que poderemos reencontrar o sentido do nosso viver, pois é o lugar da nossa origem e criação por Deus, que teve um plano original para a nossa vida. Só ele pode nos fornecer a razão da vida. O grande problema é que muitas pessoas estão procurando sentido para suas vidas e nem sabem por onde começar, não sabem para onde ir e tentam preencher o vazio com todo o tipo de coisa, que não é Deus. Uma frase famosa diz que "só Deus pode preencher o tamanho do vazio que existe dentro de nós". Lewis mesmo dizia que o coração tem um buraco em que se encaixa perfeitamente a figura da cruz. Assim como na história de Shasta, Deus tem guiado nossa vida, mesmo sem o entendermos ou percebermos.

Quando os "fujões" chegaram a Thasbaan, uma comitiva de nobres estrangeiros levou Shasta à força, pois ele era idêntico a um príncipe de Arquelândia. Quando notou isso, o verdadeiro príncipe se aproveitou da situação e trocou de lugar com Shasta sem que os membros da comitiva percebessem. Para voltar a se encontrar com seus amigos, vai até um cemitério e fica escondido entre os túmulos. Ao anoitecer, as portas da cidade se fecharam, mas os amigos de Shasta não apareceram. Chateado e com sono, o garoto recebeu o conforto de um gato, que o acalma até que ele conseguisse dormir. Do mesmo modo, o salmista diz que, aqueles que confiam em Deus, sentirão

Sua presença, mas, através da segurança de seus braços, como uma galinha cobre seus pintinhos, Deus nos cobre e nos protege (Salmo 91:4-5, 10).

Interessante notar o que se vislumbra a respeito do caráter de Deus nesse episódio. Ou seja, se ele é um felino, às vezes se mostra como leão feroz, que faz justiça, às vezes como gatinho, que nos acalma e traz a paz. No meio da noite, o barulho de coiotes acorda o garoto e o medo toma conta. Quando ele menos percebe, um grande felino salta por trás dele e solta um grande rugido, que faz todos os outros sons desaparecerem. Por mais que o rugido fosse temível e feroz, foi o que os protegeu (esse é um paradoxo parecido com o que temos em Deus, pois Ele também é temível, mas, ao mesmo tempo, é o nosso conforto). Novamente Shasta pode voltar a descansar, sem mais sustos. No outro dia, ele consegue reencontrar seus amigos e logo ficam prontos para continuar a jornada, porém com mais um objetivo que os motivava a chegar rápido em Nárnia. Durante o período em que Aravis esteve separada de Shasta, foi convidada para ficar no palácio de Tisroc, o grande imperador da Calormânia. Pouco antes de fugir do palácio, ela descobriu o plano do filho do imperador para conquistar Arquelândia e Nárnia. Agora o grupo tinha que chegar rapidamente a Arquelândia para avisar que o inimigo se aproxima.

Nessa jornada, eles precisam atravessar um deserto que os deixa muito cansados e com fome. Na Bíblia, o deserto é o lugar de provações e testes. Hagar, Moisés, o próprio povo de Israel, Davi, Elias, João Batista e o próprio Jesus passaram pelo deserto literal, mas também o deserto das provações. Shasta e seus amigos estavam quase perdendo a corrida contra as tropas de Tisroc, quando um leão começa a perseguir o grupo. Os cavalos montados por Shasta e Aravis tiram forças de onde não tinham e fogem desesperadamente. Bri deixa toda sua valentia e heroísmo de um cavalo guerreiro para salvar sua própria vida. O leão chega a atacar as costas de Aravis, mas Shasta grita para o animal ir embora e ele obedece ao seu comando. Ao tentar proteger seus amigos, Shasta demonstra a sua nobreza. Saiba que a verdadeira nobreza é aquela demonstrada pelo caráter que a pessoa carrega consigo. Nosso caráter é medido quando precisamos reagir sem pensar. Como diria Wilson, "a falsa nobreza é pomposa, enquanto a verdadeira é sacrificial" (2018, p. 73). O caráter de Shasta estava sendo moldado para que sua nobreza fosse forjada.

Depois de encontrarem-se com um ermitão, Shasta segue sozinho para cumprir sua missão. Após dar o aviso do perigo eminente, volta para encontrar-se com seus amigos, mas acaba se perdendo em meio a uma forte neblina. É nesse momento que Shasta descobre que não estava sozinho. Ele percebe um grande animal ao seu lado: um leão! Desta vez o animal não o persegue e parece não ser uma ameaça. O garoto descobre que o Leão, assim como Bri e Huin, podia falar.

• • •

> Quando Shasta pergunta a Aslam, "quem é você?" Aslam responde três vezes a mesma pergunta, porém em cada vez Ele usa uma voz diferente. Aparentemente, Lewis está referindo-se à Trindade. Na primeira vez, a voz de Aslam é "profunda e baixa" e forte como um terremoto – representando Deus, o Pai. Na segunda vez, a voz é "alta e clara" e alegre, como Deus, o Filho. Na terceira, ele fala em um sussurro, como Deus o Espírito Santo. (DITCHFIELD, 2003, p. 107).

• • •

Outra clara referência bíblica é que Aslam diz que seu nome é "eu mesmo". O interessante é que, quando Deus chama a Moisés para libertar o povo de Israel, ele fica temeroso e começa a dar algumas "desculpas" para não aceitar o chamado divino. Disse que Deus poderia chamar outra pessoa, que não sabia falar direito e, por fim, disse que nem sabia qual seria o nome de Deus. Nisso Deus revela seu nome: "Eu sou o que sou" (Êxodo 3). Jesus usou esse título várias vezes como: Eu sou o pão da vida (João 6:48), Eu sou a Luz do mundo (João 8:12), Eu sou a Porta (João 10:9), Eu sou o bom pastor (João 10:14), Eu sou a ressurreição e a vida (João 11:25-26), Eu sou o caminho, verdade e vida (João 14:6) e Eu sou a Videira (João 15:5). Todas as vezes que Cristo usava esse título "Eu sou" era uma afirmação de sua divindade!

Mas existem também referências a história de dois personagens bíblicos nessa crônica: Ester e o príncipe José. Veja primeiro as semelhanças com o livro de Ester em algumas situações:

• • •

> Na história bíblica, uma órfã judia é escolhida para reinar como rainha sobre a nação pagã da Pérsia. Em circunstâncias incríveis, ela salva toda a raça judia da aniquilação completa. Apesar disso, nunca se menciona o nome de Deus no livro de Ester, e torna-se claro que Ele é o autor e orquestrador de cada circunstância milagrosa. Shasta e Ester experimentam momentos de escuridão ao sentirem-se abandonados ou quando parece que suas vidas estão num redemoinho fora do controle. Mas no final, ambos experimentaram a verdade de Romanos 8:28: "Sabemos que todas as coisas cooperam para o bem daqueles que amam a Deus, daqueles que são chamados segundo o seu propósito". (DITCHFIELD, 2003, p. 90).

• • •

E assim como o príncipe Cor, que é o nome verdadeiro de Shasta, a Bíblia conta a história de um rapaz chamado José que foi raptado e vendido como escravo para um país estrangeiro (Gênesis 37 a 50). Lá ele tornou-se um servo, foi preso, mas foi restabelecido até se tornar um importante governador. Ele entendeu que estava onde precisava estar pois, graças à função que ocupou, pôde salvar não apenas sua família, mas todo o seu país da iminente destruição.

Mas, sem dúvida alguma, as maiores lições morais e até espirituais de "*O cavalo e seu menino*" estão nas conversas das crianças entre si e com Aslam. Por exemplo, quando Aravis falou com Aslam, descobriu que ele era o mesmo leão que a atacou e, ao perguntar o porquê daquilo, ele explica que suas feridas foram as mesmas marcas que a serva recebeu do castigo por sua atitude, quando fugiu para não se casar. Nisso, Aravis percebe que as atitudes têm consequências. Quando pessoas fazem coisas erradas do jeito errado, ou até quando fazem coisas certas do jeito errado, podem acabar machucando a si mesmas e a outros. Todas as nossas ações têm consequências, tanto positivas, quanto negativas. Lembre-se: o que é errado é errado mesmo que todos o estejam fazendo. O que é certo é certo, mesmo que ninguém esteja fazendo.

Aravis sentiu na pele a dor do próprio erro, mas naquele momento passou a se preocupar com a serva inocente que sofreu por conta das suas atitudes. Apesar da preocupação, Aslam diz que a história da serva é dela, e não a de Aravis. O mesmo aconteceu com Shasta quando perguntou a respeito de Aravis. Cristo teve a mesma atitude para com Pedro. Depois de perguntar três vezes se Pedro o amava, Jesus chega a dizer como ele morreria. Ao saber o que aconteceria em seu futuro e que morreria antes da volta do Mestre, Pedro pergunta o que aconteceria com João, que acompanhava a conversa e a caminhada um pouco atrás deles. Cristo respondeu "*se eu quero que ele fique até que eu venha, que te importa a ti?*" (João 21:22). A preocupação com a vida do outro parece ser algo natural do ser humano, mas os problemas e desafios de um indivíduo são suficientes para preencher uma vida inteira, não há necessidade de se preocupar excessivamente com a vida dos outros. Claro que a lição que aprendemos aqui se trata de não ficar "xeretando" a vida alheia, principalmente quando não se tem a intenção de ajudá-los.

A conversa que Aslam teve com Shasta traz o âmago da crônica. O Leão explica todos os acontecimentos da história e demonstra como, em todos os momentos, ele estava presente:

• • •

> *Fui eu, o leão, quem o forçou a encontrar-se com Aravis. Fui eu, o gato, quem o consolou na casa dos mortos. Fui eu, o leão, quem espantou os chacais para que você dormisse. Fui eu, o leão, quem assustou os cavalos a fim de que chegassem a tempo de avisar o rei Luna. E fui eu, o leão, quem empurrou para a praia a canoa em que você dormia, uma criança quase morta, para que um homem acordado à meia-noite o acolhesse.* (LEWIS, 2009, p. 262).

• • •

Em todos os momentos, Aslam cuidou de Shasta. Mesmo nas horas mais difíceis, quando ele não o reconheceu ou o entendeu. "Aslam o havia guiado, confortado, protegido e corrigido sem que Shasta percebesse. Da mesma forma, nosso Leão de Judá, nosso Senhor e Salvador nos guia, nos conforta, nos protege e nos corrige, muitas vezes sem que nos dermos conta". (tradução livre de WAUGH, 2016, 142). Aslam estava por trás de tudo. Ele estava por trás de todas as histórias. Tudo aconteceu de forma ordenada para que a profecia narniana se cumprisse. Assim como Aslam, Cristo toma o rumo da história. É Ele quem guia nossa história. Cristo está no controle. Em momentos nos quais não imaginamos o perigo que corremos, assim com Shasta no bote, Cristo muitas vezes atua para que situações de risco passem despercebidas. Em outras ocasiões, Ele permite momentos de dificuldades para que bênçãos maiores que as lutas sejam alcançadas. Mesmo *"no vale da sombra da morte"* (Salmo 23:4), pode-se sentir o conforto e a proteção trazida por Cristo, o mesmo que aconteceu com Shasta no cemitério. Cristo está no controle da história, isso não significa sempre momentos fáceis e de prosperidade contínua, mas revela que, a cada dificuldade e vitória, Cristo está ao nosso lado, vencendo ou sofrendo conosco, Cristo nunca abandonou e largou a humanidade à própria sorte, mas está sempre ao lado dos que precisam Dele.

> "Esse é o caminho de Deus, o caminho da cruz, e a resposta correta é nos alegrar nos sofrimentos, para que possamos nos alegrar na glória quando ela for revelada. Precisamos aprender a lição bíblica de que Deus costuma enviar leões para nos perseguir, para que nós, como Bri, possamos descobrir que não estávamos indo tão rápido quanto podíamos. Como Shasta, devemos aprender a "cair do cavalo e cair e montar de novo, sem chorar, e cair de novo e montar de novo, sem ficar com medo de voltar a cair". Nossas vidas devem ser uma longa obediência na mesma direção, e nossa direção é muito mais importante que o nosso ritmo". (2020, p. 1444-1450).

Shasta acaba evoluindo após cada dificuldade enfrentada. No início, era um rapaz assustado. Mas, aos poucos, começou a desenvolver a coragem. Deus faz isso conosco também. Os problemas e dificuldades da vida servem para refinar nosso caráter, nossa personalidade.

Nessa crônica encontramos várias lições de vida, tesouros espirituais, mas o tema predominante sobre toda a história é a providência divina, ou seja, Deus atuando por trás das cenas. Em grande parte de sua vida, e até mesmo de sua jornada, Shasta não consegue perceber que está sendo protegido e guiado. Aslam o está protegendo em cada passo de sua caminhada. Mais tarde, Shasta entende isso e comenta: *"ele parece estar por trás de todas as histórias"* (LEWIS, 2009, p. 262). Mesmo não entendendo, mesmo não enxergando, mesmo não acreditando, saiba: Deus está presente em sua vida!

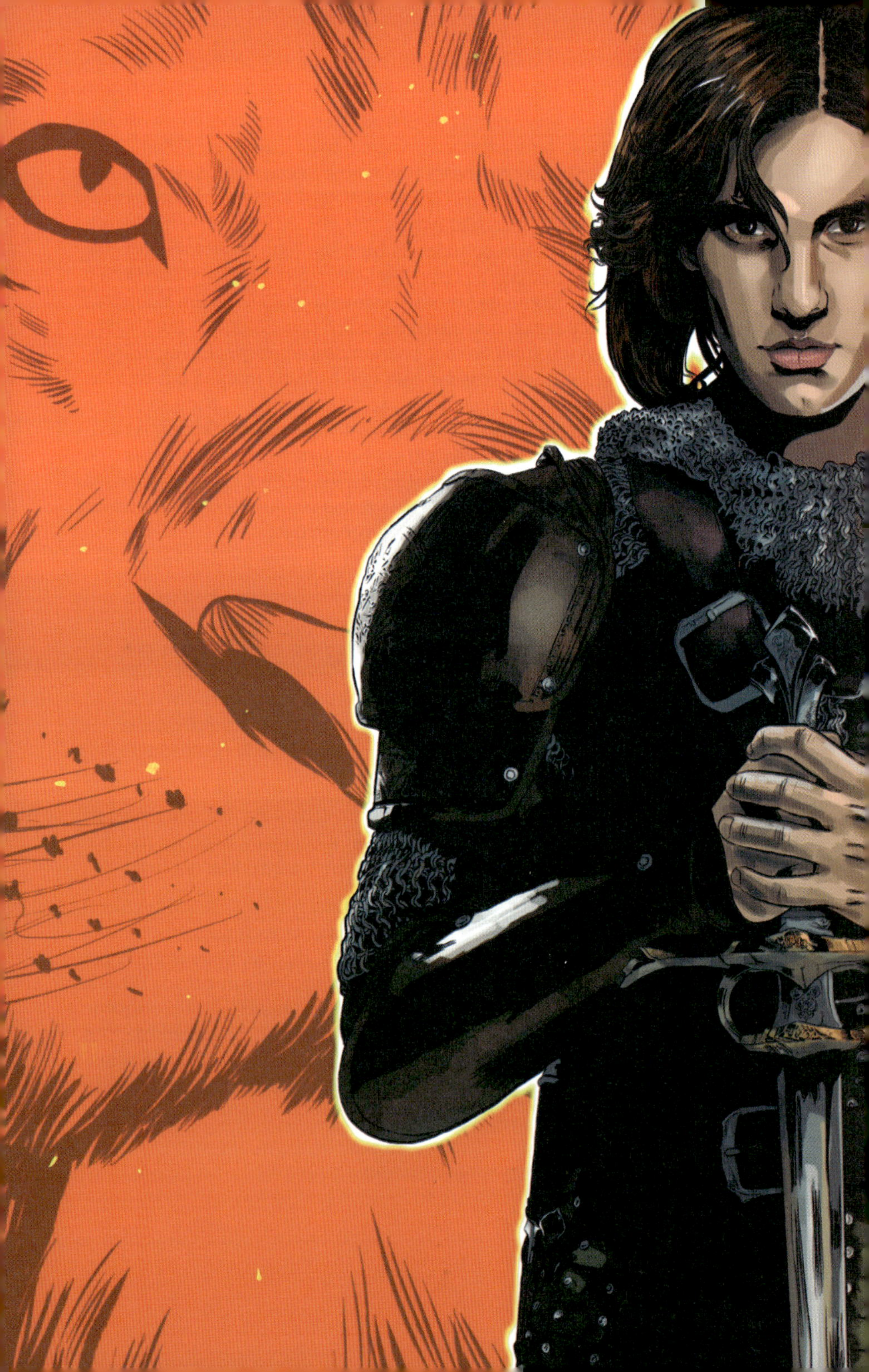

4. PRÍNCIPE
CASPIAN

Prince Caspian, ilustrado por Pauline Baynes London: Bles, 1951, traduzido para o português com o título de O Príncipe da Ilha Mágica e Príncipe Caspian.

As quatro crianças de *O Leão, a feiticeira e o guarda-roupa* retornam à Nárnia, muito depois da primeira visita. Nárnia está mais «desenvolvida», mas os narnianos encontram-se sob o domínio de um rei tirano, tio de Caspian. Mas o último é o verdadeiro herdeiro do trono. Apesar da proibição estrita e acusações que não passavam de fábulas, Caspian ouve de um professor, que confessa ser descendente de anão, a respeito das histórias de Aslam e dos animais falantes da Nárnia Antiga. Os últimos narnianos, que se esforçam para não "falarem demais", vivem refugiados em bandos na floresta. Quando descobre que o rei tirano planeja atentar contra a vida de Caspian, o professor o ajuda a fugir rumo à floresta.

Ao cair nas mãos destes bandos, príncipe Caspian escapa da morte graças à bondade de alguns narnianos e acaba, por sua coragem e valentia natural de rei, tornando-se líder da insurreição contra o próprio tio. Quando, porém, notam que estão em desvantagem numérica, os narnianos invocam o auxílio de Aslam, e, com isso, as quatro crianças de *O Leão, a feiticeira e o guarda-roupa,* que já andam errantes pela floresta, trazem o reforço necessário para as forças "rebeldes", que acabam reconquistando o trono ao legítimo rei Caspian. A história termina com a posse de Caspian e a despedida das quatro crianças, que voltam ao seu próprio mundo, através de uma porta, aberta no vazio por Aslam.

4.1. SIMBOLOGIA BÍBLICA EM
"PRÍNCIPE CASPIAN"

Vamos começar esse capítulo com um trocadilho para animar? Você sabe qual é o shampoo favorito dos narnianos? O Anti-Caspian! Desculpa, não resistimos, mas vou imaginar que você deu pelo menos um sorrisinho de canto de boca... Enfim, depois de ter uma crônica sem a presença das crianças mais conhecidas, Pedro, Susana, Edmundo e Lúcia voltam para Nárnia nessa crônica, mas de maneira bem diferente da primeira vez que estiveram lá...

Depois de ter uma crônica sem a presença das crianças mais conhecidas em Nárnia, nessa, Pedro, Susana, Edmundo e Lúcia voltam para Nárnia, mas de maneira bem diferente da primeira vez que estiveram lá. Eles não voltaram por meio de um portal mágico, mas por uma magia que, a princípio, não é explicada, nem entendida. As próprias crianças demoram a entender em qual local estavam, pois, a geografia de Nárnia assim como a política havia mudado. Não havia mais a famosa lâmpada mágica nesta Nárnia. Não havia floresta encantada. A vida era sombria, triste e devastada pela batalha. Ninguém neste lugar acreditava mais em animais falantes, anões, nem em nenhum dos habitantes que, originalmente, agraciavam a terra.

Mesmo quando encontraram Cair Paravel, castelo em que por muito tempo moraram quando eram reis e rainhas de Nárnia, não o reconheceram, pois ele estava em ruínas. Na verdade, quando essa história começa, mil anos se passaram desde que as crianças governaram os quatro tronos de Cair Paravel. Quando elas finalmente perceberam o que havia acontecido, lembraram dos tesouros guardados no castelo e os buscaram. De certa forma, algo semelhante acontece quando as pessoas se afastam da palavra de Deus. Sem perceber as coisas preciosas que estão escondidas, algumas pessoas pensam que as Escrituras não passam de ruínas antigas e ultrapassadas, sem valor para a vida moderna. Mas, num estudo mais detalhado, descobre-se a grandiosidade dos tesouros que estão contidos nela. Outro ponto interessante é essa passagem de tempo diferente nos dois mundos. Enquanto em Nárnia passaram-se mais de mil anos, na Terra é como se tivesse passado apenas poucos dias. O uso do tempo nessa crônica parece até uma metáfora para o conceito bíblico de que *"um dia para o Senhor é como mil anos, e mil anos como um dia"* (2 Pedro 3:8). Outra coisa que vem à memória ao lermos a crônica e fazermos um paralelo bíblico, são os ciclos de opressão e livramento que o povo de Deus experimentou repetidamente por todo o Antigo Testamento. *"Ou os 400 anos de silêncio entre o AT e NT – quando Deus nada disse, - no entanto, um remanescente fiel se agarrou firmemente à esperança da vinda do Messias"* (DITCHFIELD, 2003, p. 118).

Dentro dos tesouros de Cair Paravel, as crianças encontraram os presentes dados por Aslam. Mesmo depois de tanto tempo, esses presentes ainda se mostraram tão importantes como na primeira vez que os receberam. Assim também é com a palavra de Deus. Os seus tesouros escondidos não perdem o valor, a importância nem o significado. Existe, porém, um detalhe que chama bastante atenção quando eles encontram os presentes, que são símbolos dos dons do Espírito – que igualmente também não se perdem com o tempo. Edmundo foi lembrado da sua traição em sua primeira passagem por Nárnia, e por isso, não tinha nenhuma arma para ele. Mesmo Aslam tendo dado sua vida em troca da de Edmundo, não significou que as decisões e escolhas erradas ficaram sem consequências. Nesse ponto, enxergamos a nossa própria experiência na Terra, retratada na vida de Edmundo, pois mesmo sendo prontamente perdoado como ele foi, não significa que as nossas ações não terão efeitos e consequências futuras.

Na tentativa de alcançar o continente, pois Cair Paravel, que antes ficava numa península, agora havia se tornado uma ilha, as crianças salvam um anão, chamado de Trumpkin, que estava para ser lançado no rio por soldados que tinham amarrado seus braços e pernas. Depois de contar o porquê daquela decisão dos soldados, Trumpkin explicou que estava a caminho de Cair Paravel a pedido do rei Caspian X. O rei havia tocado a trombeta de Susana em busca de auxílio, e todos imaginavam que a ajuda viria de Cair Paravel. O anão tinha sido enviado para o castelo com uma missão especial: encontrar os antigos reis e rainhas de Nárnia. Ele não estava tão feliz com essa missão, pois não acreditava no poder mágico da trombeta e nem nas histórias sobre Nárnia, mas ele era leal ao juramento que havia feito de obedecer às ordens do rei Caspian. Suas dúvidas eram tantas, que foi necessário um embate com Edmundo para que ele provasse sua realeza em Nárnia.

Caspian X era herdeiro de uma antiga dinastia de telmarinos que conquistaram Nárnia após o desaparecimento de Pedro, Edmundo, Susana e Lúcia (pois eles voltaram para a Terra). O pai de Caspian X, o rei Caspian IX, foi assassinado por Miraz, seu irmão. Miraz fez tudo parecer um acidente e cuidou da educação de Caspian X, pois ele seria o sucessor do trono, por isso proibia que ensinassem a Caspian as histórias da antiga Nárnia, que eram tratadas como lendas.

Algo semelhante acontece na Bíblia com relação ao que Deus deu ao homem após a criação. Ele deu a Adão domínio sobre todas as coisas (Gênesis 1:26), mas esse domínio foi usurpado por Satanás (Gênesis 3). Sendo assim, Satanás, da mesma forma que Miraz, tornou-se o príncipe deste mundo (João 14:30). Nosso inimigo não quer que conheçamos a real história da Terra, assim como Miraz não queria que Caspian X conhecesse a verdadeira história de Nárnia.

Como não quer que conheçamos a Bíblia, Satanás tentou transformá-la no livro mais odiado e perseguido da história da humanidade. Para se ter uma ideia, logo após a conclusão do Novo Testamento, o imperador romano Diocleciano (303 d.C.), mandou queimar todos os exemplares desse livro sagrado, e quem não entregasse seus exemplares, seria morto. Em alguns países de base fundamentalista islâmica, desde o século XVIII até os dias de hoje, existe uma perseguição tanto à Bíblia, quanto aos cristãos. É difícil até contabilizar o número de cristãos mortos pelo Estado Islâmico e outros grupos fundamentalistas islâmicos. Mas infelizmente, esses dados históricos tristes não param por aí. A Bíblia foi perseguida até pelos próprios cristãos. O Sínodo de Toulouse (1229 d.C.), o Concílio de Tarragona (1234 d.C.), a quarta assembleia do Concílio de Trento (1546 d.C.), as encíclicas de *Qui Pluribus* e *Notis et Nobiscum* (1846 d.C. e 1848 d.C.), respectivamente do papa Pio IX, foram ações da igreja que afirmavam que a Bíblia não devia ser distribuída a leigos, nem em vernáculo comum, nem em traduções em latim. Já no século XX, os governos comunistas perseguiram e prenderam qualquer pessoa que quisesse ensinar a Bíblia em seu território. Os condenados por tais crimes eram enviados para campos de concentração. Nestes campos, muitos sucumbiram à fome ou ao frio.

A história bíblica e a própria Bíblia sobreviveram graças a homens e mulheres que, corajosamente, enfrentaram a perseguição dos romanos, dos islâmicos, da igreja e dos governos comunistas, arriscando suas vidas para ensinarem e distribuírem exemplares das Escrituras Sagradas. O mesmo acontece com a ama que cuidava de Caspian X, que, ao ensinar para o príncipe as antigas histórias de Nárnia, foi expulsa por Miraz do castelo e do convívio com o príncipe. O professor de Caspian, doutor Cornélius, também ensinava ao príncipe sobre a antiga Nárnia, mas de forma escondida, longe de todos, para não sofrer represálias. Uma curiosidade sobre o doutor é que ele disse que o encontro das estrelas Tarva e Alambil significa "boas novas para o triste reino de Nárnia". Boas novas são o exato significado de "Evangelho". E as boas novas de salvação em nosso mundo também vieram por meios de estrelas (dê uma olhada em Mateus 2:1-12).

Caspian também lembra o Rei Josias em 2 Crônicas 34, pois rejeitou a maldade e a idolatria de seus antecessores e, com um só ato, redirecionou a nação. Assim como o rei "menino" de Judá rejeitou o mal e a idolatria de seus antecedentes e procurou restaurar sua nação, essa era a mesma missão e plano de Caspian. Outra importante lição que aprendemos com esse personagem é que Caspian tinha dúvidas se conseguiria ser um

> "COMO NÃO QUER QUE CONHEÇAMOS A BÍBLIA, SATANÁS TENTOU TRANSFORMÁ-LA NO LIVRO MAIS ODIADO E PERSEGUIDO DA HISTÓRIA DA HUMANIDADE".

bom rei (mesmo fazendo o que ele fez). Precisamos aprender a sermos assim também. Não confiarmos apenas em nossas qualidades, mas sim no poder de Deus. Precisamos desenvolver a humildade, pois a soberba nos destrói. A humildade nos leva a considerar os interesses dos outros acima dos nossos e, principalmente, reconhecer que somos dependentes de Deus (leia: Filipenses 2:4-5).

A grande virada na crônica deu-se quando Miraz finalmente teve um filho, um possível herdeiro do trono. Esse foi o grande problema, pois, para que isso acontecesse, era necessário eliminar o verdadeiro herdeiro. Antes que Miraz pudesse pôr as mãos em Caspian X, o doutor Cornélius tirou o príncipe do castelo e o enviou à floresta, local que os telmarinos acreditavam ser mal-assombrado. Na floresta, Caspian encontra antigos narnianos, como animais falantes, centauros, minotauros, gigantes e anões. Criaturas essas que os telmarinos acreditavam terem sido extintas ou serem apenas lendas.

Caspian explica o golpe que levara do tio e faz um acordo com os narnianos para retomar o trono. Ele se reúne com os narnianos no monte de Aslam, antigo local da mesa de pedra, para se defenderem de Miraz, que descobriu o plano e preparou um ataque a Caspian. Após uma primeira investida malsucedida de Caspian contra Miraz, Caspian decide tocar a trompa em busca de auxílio. Foi em resposta a esse toque que os antigos reis e rainhas de Nárnia foram sugados da Inglaterra de volta à Nárnia. *"Caspian decide usar a trompa da Rainha Susana para convocar ajuda. Nas Escrituras o som da trompa chamava os soldados para a batalha. Era um grito de socorro. A trompa também simbolizava poder, força e livramento (ver 2 Samuel 22:3, Salmo 89:16-17, 24, 112:9)* (DITCHFIELD, 2003, p. 128).

Mas, quando Lúcia e os outros tentam contar ao príncipe Caspian como tudo costumava ser, ele lentamente começa a acreditar[9] na antiga Nárnia e deseja encontrar os antigos narnianos que têm vivido escondidos. Neste sentido, Nárnia é uma excelente metáfora para uma sociedade pós-moderna[10] na qual ceticismo (incredulidade), narcisismo (amor pela própria imagem), intelectualismo (ver tudo pelo lado racional, sem levar em conta as emoções e instintos), elitismo (privilégios à elite em detrimento das demais camadas da sociedade) e vários outros "ismos" criaram um ambiente de descrença, ansiedade, depressão e desespero que sufoca a beleza e o mistério da jornada da fé.

Ao receberem a explicação de Trumpkin de tudo que estava acontecendo, Pedro, Susana, Edmundo e Lúcia se põem a caminho do monte de Aslam para se encontrarem

---

9 Segundo Gillespie, as palavras "acreditar" e "crença" aparecem cerca de trinta vezes nesse livro (2008, p. 56).
10 Segundo o professor Juremir Machado, a pós-modernidade é um desencantamento em relação à ideia de um futuro garantido, certo, promovido pelas leis da história, necessariamente melhor, redentor. Ela seria a construção de um presente possível. Na pós-modernidade, tudo é relativo, por isso, não existe verdade absoluta, mas há ausência de valores, individualismo e uma busca de espiritualidade, porém, sem religiosidade..

com Caspian. As crianças entendem que não pararam em Nárnia por acidente – elas foram chamadas. A Bíblia nos diz que todos os cristãos são chamados por Deus para cumprirem Seus planos e propósitos aqui na terra (leia: João 15:16). Ele nos chama e Ele nos escolhe. Isso não é o máximo, saber que Deus escolheu você?

Mas existe uma questão nessa crônica que me ensinou uma lição espiritual muito importante: o fato de Caspian pedir ajuda no momento mais crítico da trama. Ele não sabia como o auxílio viria, nem quando chegaria, mas pediu ajuda! Muitas vezes, a vida cristã é da mesma forma. Esperamos nossas forças esgotarem, chegamos no momento mais crítico para, finalmente, pedirmos auxílio divino. E muitas vezes traçamos até um plano de como deve ser a resposta de Deus a esse pedido. A questão é que Aslam respondeu a Caspian como e quando ele (Aslam) quis. Deus responde ao cristão quando e como Ele quer. Aslam sabia a melhor forma de atuar durante a complicada situação pela qual Nárnia passava. Deus sabe a melhor forma de atuar na vida do cristão. O grande problema é que, muitas vezes, não aceitamos a forma como Deus nos responde. "Ficamos desapontados com Deus quando Seu comportamento não se encaixa nos paradigmas e padrões que estabelecemos para Ele em nossas próprias mentes, assim como Caspian e Cornélius ficaram desanimados quando o chifre da Rainha Susana falhou em produzir o tipo de assistência que esperávamos receber" (2020, p. 72). Precisamos entender que Deus é Deus e nós não somos. Ele realmente sabe o que é melhor para nós, por isso muitas vezes não nos responde como queremos, e sim da maneira que Ele entende que vai nos ajudar mais. Confie nisso!

As crianças vão em direção ao monte de Aslam, e comentando esse trecho, assim como fazendo um paralelo bíblico, Ditchfield nos diz:

• • •

"... é um memorial sagrado, construído como uma tumba sobre as ruínas da Mesa de Pedra. Dentro ficam túneis e cavernas, todas forradas com pedras que formam mosaicos. Muitos retratam um leão ou algum outro antigo e misterioso símbolo. Quando a igreja primitiva sofreu perseguição do império romano, eles foram para o subterrâneo, onde construíram quilômetros de cavernas, túneis, e passagens chamadas catacumbas. Os que eram perseguidos usaram as catacumbas como um refúgio secreto, lugar para se encontrarem para adorar e orar, e como um lugar para enterrar seus queridos. [...] Os arqueólogos encontraram estes túneis revestidos com mosaicos que retratam cenas da vida de Cristo, pombas, peixes e outros símbolos cristãos. (2003, p. 129).

• • •

A caminho desse monte, eles passam por diversas dificuldades e, assim, tiveram pouco sucesso em avançar. As dificuldades só acabaram quando Lúcia encontra-se com Aslam:

> – Aslam! Querido Aslam! – soluçou. – Até que enfim!
> O grande animal deitou-se de lado, de modo que Lúcia caiu, ficando meio sentada e meio deitada entre as suas patas dianteiras. Ele inclinou-se e com a língua tocou o nariz da menina, que se sentiu envolvida pelo seu bafo quente. Ela levantou os olhos e fixou-os no grande rosto sério.
> – Foi bom ter vindo – disse ele.
> – Aslam, como você está grande!
> – É porque você está mais crescida, meu bem.
> – E você, não?
> – Eu, não. Mas, à medida que você for crescendo, eu parecerei maior a seus olhos.
> (LEWIS, 2009, p. 358).

Lúcia (Lucy em inglês), que quer dizer luz, percebe que Aslam está maior. O leão afirma que quanto mais Lúcia crescer, maior ele parecerá. Isso ilustra o processo de santificação e amadurecimento na fé: quanto mais crescemos na fé, maior Jesus se torna para nós. Por algum motivo, apenas Lúcia conseguia enxergar Aslam, as demais crianças duvidavam sobre a presença e a companhia dele. Parece que, enquanto Lúcia cresceu na fé, os irmãos esfriaram e estagnaram, não reconhecendo mais Jesus nas suas manifestações.

> "Quando Lúcia fica cara a cara com Aslam - novamente enquanto todos estão dormindo - ela descobre que o Grande Leão cresceu desde a última vez em que o viu. Na verdade, foi a fé de Lúcia que cresceu, não Aslam. Ele parece maior porque ela pode ver mais dele. Mas sua fé não é grande o suficiente. Lúcia sempre foi uma seguidora. A mais jovem do grupo e a menos assertiva, não demonstrou a coragem das suas convicções. Aslam transformou a fé de Lúcia no tipo de fé que transformará Nárnia". (ROGERS, 2005, p. 42).

Ela começa a tentar convencê-los, e o primeiro a acreditar em suas palavras foi Edmundo, que recordou a sua traição aos irmãos em *LFG*, justamente por não ter acreditado nela. Pedro ficou receoso, mas estava disposto a seguir a irmã caçula, não sem antes ter alguns questionamentos. Susana achava tudo aquilo uma bobagem, apesar da experiência anterior com Aslam. Ela não se convenceu de que a irmã estivesse falando a verdade, pensou que talvez estivesse até sonhando. Trumpkin era o mais descrente, apesar de ver e confirmar a eficiência da magia que trouxe os antigos reis e rainhas de Nárnia, ainda duvidava da existência de um Leão de nome Aslam, soberano de Nárnia, mas estava disposto a seguir a decisão do grande rei Pedro. Foi depois de um certo esforço que Lucia convenceu a todos, afirmando que deveriam seguí-la, pois ela própria estava seguindo a Aslam.

Também é mais fácil simplesmente seguir a maioria, quando sabemos que deveríamos defender as nossas crenças. Mas, assim como Lúcia deixou que a sua fé fosse silenciada e se arrependeu disso, quando não agimos com fé, também não demorará muito até que soframos as consequências.

À medida que o grupo a seguia, seus olhos foram se abrindo e também começaram a enxergar o grande Leão. O primeiro foi Edmundo, depois Pedro e, por último, quase já aos pés do monte, Susana e Trumpkin. Algo durante essa jornada que chama a atenção é a frase de Aslam: "você, pelo menos, terá de acompanhar-me". Lembra bastante o chamado de Jesus aos seus discípulos: "segue-me"! Outra coisa que Aslam fala é uma advertência sensata sobre não dar ouvidos ao medo. Trumpkin tem medo de Aslam quando o encontra pela primeira vez, mas apenas porque não conhece o caráter do Leão. Quando ele descobre a verdadeira natureza de Aslam, não sente mais medo.

> "Trumpkin nos mostra que chegar à fé nem sempre é como cair do cavalo devido a uma luz ofuscante. Às vezes, é um lento processo cheio de reviravoltas surpreendentes. Às vezes, aqueles que protestam em voz alta são os que estão mais próximos do reino. Às vezes, o coração prepara o caminho para a mente seguir. Desse modo, Trumpkin é um pouco como o próprio Lewis, que abraçou a beleza e a ordem do mundo de Deus e as histórias que ele contém muito antes de abraçar o "Mito Verdadeiro" do evangelho. Essa preparação às vezes é essencial para moldar as nossas mentes e preparar nossos corações para aceitar a verdade". (2020, p. 794-798).

Aslam também precisa acalmar os medos de Susana quando ela o encontra pela primeira vez nesta história. Aslam gentilmente lhe diz que deve parar de ouvir a voz do medo. O medo foi um dos motivos pelos quais ela não conseguiu vê-lo quando ele apareceu para Lúcia no início da jornada. Para ajudar Susana a recuperar as energias e a colocar os pensamentos no lugar, Aslam, então, sopra sobre ela. Com esse sopro, o medo perde o controle sobre o coração de Susana e ela pode ser valente novamente. Não é uma imagem reconfortante? Quando o medo toma conta do nosso espírito, apenas temos que buscar o sopro do nosso Criador para restaurar nossa paz e discernimento

A principal questão abordada nessa crônica é acreditar ou não na providência de Aslam. Para ilustrar melhor, percebemos esse exemplo em três grupos de pessoas, assim como os quatro tipos de solo em que o Semeador da parábola de Jesus lançou a semente (Mateus 13).

O primeiro grupo é formado pelas pessoas que realmente acreditam nele. Lúcia, Edmundo e o texugo representam esse grupo. Eles confiam na intervenção de Aslam, na hora e no momento em que o Leão achar conveniente. Sua confiança era tamanha, ao ponto de seguirem sua jornada sem necessidade de evidências, já que acreditavam existir provas suficientes nas antigas histórias de Nárnia de que o Leão agiria na hora mais apropriada.

O segundo grupo é composto pelos céticos, ou seja, aqueles que precisam de provas para acreditar. Para eles a atuação anterior de Aslam não era o suficiente para acreditar que ele atuaria no presente ou no futuro. Este grupo só acreditou quando pôde ver Aslam. Esse foi o caso de Susana, Pedro, Trumpkin e Caspian.

O terceiro e último grupo é daqueles que não confiaram na providência[11] de Aslam e, com suas próprias forças, tentaram resolver o problema, morrendo sem ver a intervenção do Leão. Esse foi o infeliz caso de Nikabrik.

> "Nikabrik, por outro lado, é um "anão negro azedo". Seu primeiro instinto após seus três amigos terem trazido Caspian para a casa deles é matá-lo ou fazê-lo de escravo. É um sujeito consumido pelo ódio, que despreza os humanos e os anões renegados, como o Dr. Cornelius. O fato de Caça-trufas aceitar Caspian como rei o deixa aborrecido". (2020, p. 732-734).

Cristo também possuía esses três grupos de pessoas quando passou por nossa Terra. Na ressurreição, o posicionamento de seus discípulos fica evidente. O primeiro grupo seria o das mulheres que, ao chegarem no túmulo vazio, já acreditaram no que ouviram dos anjos, que afirmavam que Jesus tinha ressuscitado. O segundo grupo é dos próprios discípulos, que não acreditaram no que as mulheres contaram, nem mesmo em Maria Madalena, que não só viu os anjos, mas viu o próprio Cristo ressurreto. Na verdade, os discípulos só acreditaram quando Jesus apareceu para eles. Tomé, o famoso discípulo que precisava "ver para crer", a exemplo de Susana ou Trumpkin, que mesmo com o testemunho de todos, só acreditou quando pôde ver seu Mestre com os próprios olhos. Isso deveria nos ensinar uma lição preciosa: o processo de conversão não é o mesmo para todos. Deus tem uma história para cada um de Seus filhos e possui um modo diferente de atrair cada um deles. A incredulidade é quebrada pouco a pouco pelo poder de Deus, não por nossas melhores argumentações.

No último grupo encontra-se Judas que, ao ficar incomodado com a aparente "demora" de Cristo em se tornar o libertador de Israel, tentou resolver o problema com as próprias mãos, traindo o seu Mestre. A exemplo de Nikabrik, Judas não viveu o suficiente para ver a providência do Leão.

Atualmente, entre os cristãos, esses grupos ainda existem. Há cristãos que confiam suficientemente na providência e nas promessas divinas apenas porque está na Bíblia. Para eles, se Deus atuou no passado, cumprindo Suas promessas, Ele atuará no presente e no futuro para continuar a cumprir suas promessas. Já o segundo grupo é

---

11 Para se aprofundar mais sobre o tema, recomendo a leitura do artigo de Maurício Avoletta Júnior em: *http://ultimato.com.br/sites/cslewis/2016/07/01/sobre-a-providencia-divina-em-o-cavalo-e-seu-menino/*

formado por cristãos que precisam ver a atuação de Deus para acreditar. Para esse grupo, as histórias antigas não são suficientes, e o fato de Deus ter atuado no passado, não significa que Ele voltará a atuar em nossas vidas. Por fim, o último grupo pertence aos que já não acreditam que Deus vai atuar. Eles já perderam a esperança e tentam resolver a qualquer custo seus problemas, mesmo que isso signifique trair seus amigos.

Após o encontro de Pedro, Edmundo e Trumpkin com Caspian, ficou decidido que Pedro lutaria contra Miraz em um duelo que evitaria o derramamento de sangue de uma guerra. Miraz, influenciado por seus assessores, aceita o desafio e perde a luta. Mesmo assim, os telmarinos derrotados atacam os narnianos, que vencem a luta com ajuda da floresta despertada por Aslam. Essa batalha também lembra muito a disputa entre Davi e Golias. Um pequeno rapaz (que se tornou rei) batalhando com um grande guerreiro. A diferença é que, na crônica, Pedro não mata Miraz.

Repetidamente, em "*Príncipe Caspian*", C. S. Lewis examina as falsas suposições e expectativas de alguns dos personagens quando se baseiam em informações incorretas ou julgam os outros pela aparência. Por exemplo, alguém poderia dizer que o guerreiro mais valente no livro não é Pedro ou um telmarino, mas sim um rato, Ripchip. Esse pequeno soldado quase dá uma surra no Eustáquio, que, com arrogância, pensa que alguém tão pequeno não iria vencê-lo. Quem diria, não é? Ou seja, mesmo os pequenos e aparentemente sem importância podem fazer coisas grandiosas! Isso lembra ainda o personagem principal de O Senhor dos Anéis, de J.R.R. Tolkien. Frodo é da raça dos hobbits, de baixa estatura, pés descalços e peludos, e um dos menos lembrados na Terra-média, precisamente por sua aversão a aventuras e caráter caseiro.

De modo semelhante, quando as crianças retornam à Nárnia, os atuais narnianos – assim como o príncipe Caspian – estão esperando que adultos, e não crianças, venham em seu socorro. Sem saber que as crianças realizaram atos de bravura no passado para salvar Nárnia, os narnianos, os encontram com um certo desapontamento, como se dissessem: "São vocês mesmo?". A Bíblia está cheia de histórias nas quais Deus escolhe quem é pequeno ou tolo para demonstrar o Seu poder (leia: 1 Coríntios 1:26-29). Ainda assim, continuamos a julgar apenas pelas qualidades superficiais.

Enquanto a luta entre Pedro e Miraz acontecia, Aslam e as meninas passeavam por Nárnia. Juntam-se a eles uma multidão que os acompanhava. Por onde passavam, traziam festa, alegria, libertação aos oprimidos e curas. Assim como Cristo que, apesar da guerra espiritual que se desenrolava, por onde passou trouxe paz, alegria, libertação e cura (Lucas 4:18-19).

Ao final da crônica, as crianças voltaram para Inglaterra esperando rever Aslam e Nárnia no futuro. Ou seja, voltaram a entender que ele ainda poderia atuar em suas vidas. Voltaram a ter fé. Fé em hebraico é *emuwnah*, que significa mais do que crer intelectualmente. Significa fidelidade, firmeza. Um exemplo: se você estivesse se afogando na praia e visse uma boia, o que você faria? Quando chegasse perto dela, você a agarraria com toda sua força, não é? É isso que significa realmente *emuwnah*. É dessa palavra que vem a nossa famosa expressão "amém", que significa: nisso eu creio, nisso eu me firmo! No Antigo Testamento, isso é fé: se agarrar em sua convicção. Ser fiel, ter firmeza. Já no original grego, fé é pistis, que significa convicção de verdade, crença que diz respeito ao relacionamento do homem com Deus, fidelidade ou lealdade.

Fé não é apenas intelectual. Não é apenas acreditar em um conjunto de ideias. Ela vai além. É um relacionamento pessoal com Deus. É a decisão que tomamos diariamente de crer e nos relacionar com Ele. E a nossa confiança só nasce com intimidade. Tenha intimidade com o Leão, assim você o sentirá perto em toda a jornada de sua vida!

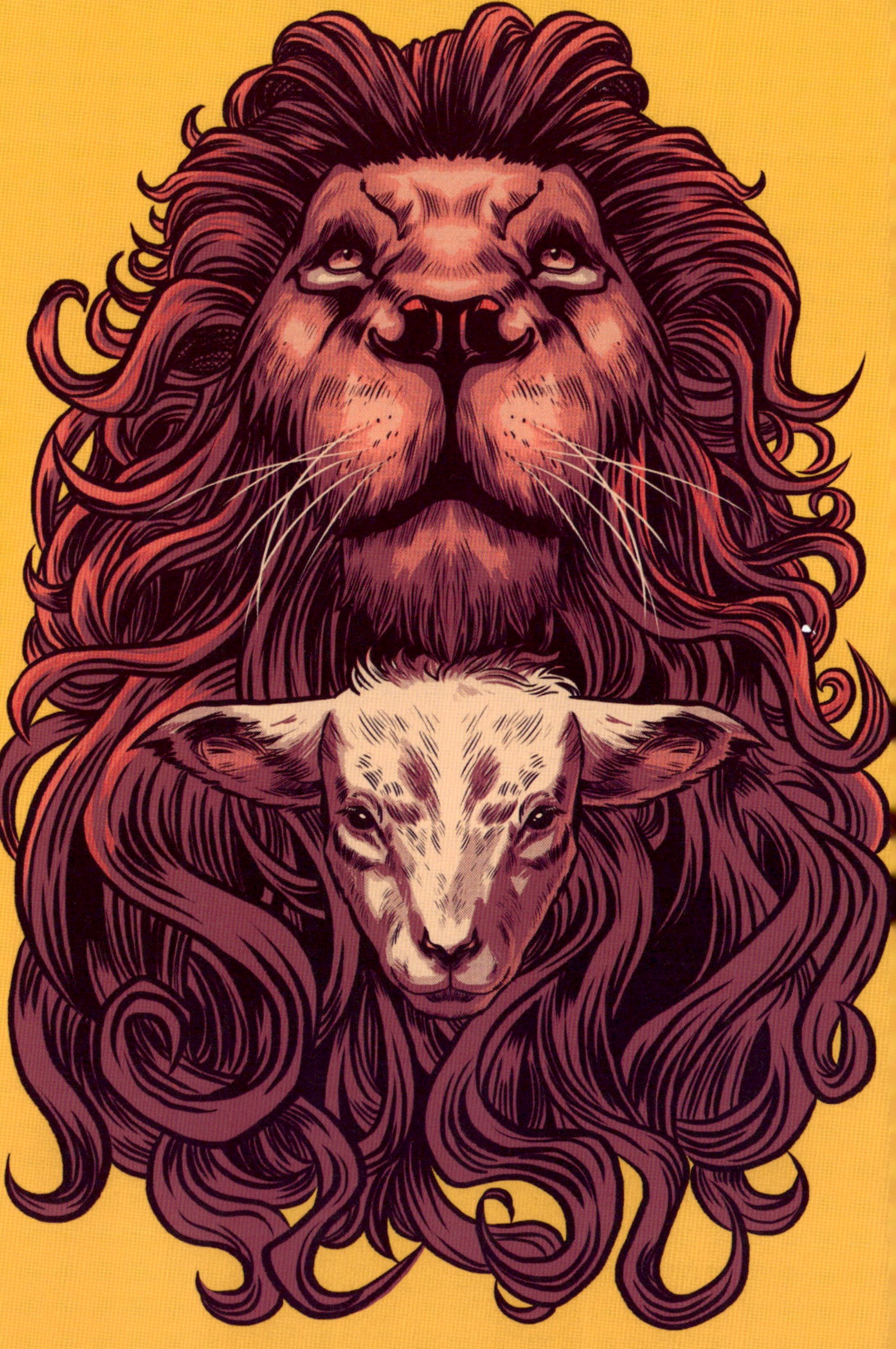

5. A VIAGEM DO PEREGRINO DA ALVORADA

> *The Voyage of the 'Dawn Treader'* ilustrado por Pauline Baynes London: Bles, 1952 traduzido para o português com o título como *O Navio da Alvorada* e *A Viagem do Peregrino da Alvorada*.

Essa aventura tem início no mundo real, no qual dois dos quatro personagens de *LFG* (Lúcia e Edmundo) visitam um presunçoso primo, Eustáquio, pelo qual não sentem grande simpatia: Seu passatempo predileto era rir-se das histórias que contavam a respeito de Nárnia. Enquanto estão conversando, de repente, a paisagem do quadro da parede, que mostra o Navio da Alvorada, começa a animar-se e as crianças são sugadas para dentro dele, caindo no mar. E são resgatados por ninguém mais, ninguém menos do que o Príncipe Caspian da crônica anterior, que comandava o navio em uma importante missão: encontrar os amigos do falecido pai de Caspian, rei de Nárnia, que haviam se perdido em ilhas colônias de Nárnia. Obrigado a acompanhar os primos na viagem, Eustáquio demora a admitir o fato de estar em um outro mundo...

A cada ilha, uma nova aventura: Na primeira, Caspian e os três amigos são presos como escravos. Caspian é vendido a um dos amigos do pai, que o reconhece como rei de Nárnia. Com o seu auxílio, reconquista a ilha das mãos de um governador corrupto, tornando-se governador no lugar dele. Em seguida, em outra ilha, Eustáquio é transformado num dragão devido à sua ganância e egocentrismo, mantendo apenas a capacidade de raciocínio de ser humano. Nestas condições, convive um bom tempo com os tripulantes do navio, mas sente-se cada vez pior na sua forma de dragão. Com a ajuda de Aslam, então, passa por uma sofrida mas libertadora experiência de arrependimento e contrição. Até que, finalmente, é rendido e retorna à forma humana original, graças à interferência direta de Aslam. A partir daí, o garoto muda completamente de vida, passando a auxiliar os primos no cumprimento de sua missão.

Os habitantes da próxima ilha são invisíveis de tão feios, tolos e desprovidos de qualquer espírito de crítica, que deixam se convencer imediatamente quando Lúcia tem a infeliz ideia de comentar que eles não devem ser tão feios assim afinal. Assim, eles a fazem buscar, no livro de magia do mago da ilha, o feitiço que os tornaria novamente visíveis. Aslam chama a atenção dela para o perigo das palavras mágicas contidas no livro, se pronunciadas levianamente.

No caminho para a próxima ilha topam com uma ilha dominada pelas trevas, onde os piores pesadelos de cada um se tornam realidade. De lá resgatam um náufrago, que se revela como sendo mais um dos amigos do pai de Caspian.

Na última ilha, os meninos encontram os demais amigos do rei em sono encantado. O mágico da ilha explica que a condição para a quebra do encanto é que o Alvorada alcançasse o fim do mundo e a Terra de Aslam, atravessando o Mar de Prata. Isto certamente significaria a morte. Caspian decide voltar para resgatar os amigos e continuar governando Nárnia. As crianças e o valente ratinho Ripchip enfrentam sozinhos a missão numa viagem cheia de surpresas e belezas, rumo ao além. Esta viria a ser a última viagem do valente ratinho, que segue sozinho para as Terras de Aslam, e a penúltima viagem das crianças de *LFG* para Nárnia.

• • •

5.1. SIMBOLOGIA BÍBLICA EM "A VIAGEM DO PEREGRINO DA ALVORADA"

Provavelmente essa é a crônica "mais ricamente simbólica que C. S. Lewis já produziu" (KURT, 2005, p. 91). Originalmente, Lewis pensou que essa história completaria a série de Nárnia, tanto é que incluiu uma declaração clara no final desse livro sobre o "porque" escreveu suas histórias. E de todas as sete crônicas, essa é a que mais me emociona quando verifico as simbologias apresentadas por C. S. Lewis. Confesso que cheguei até a chorar com o que, em breve, explicarei. Nela conhecemos um novo personagem, chamado Eustáquio Mísero. Ele era uma criança ruim, egoísta, desagradável, chata, arrogante, mal-educada, e que gostava de bancar o mandão, chateando os outros e tornando miserável a vida de todos os que participaram dessa aventura (bem que ele merecia esse nome). Ele vai até Nárnia junto com os irmãos Pevensie, Lúcia e Edmundo, parando no convés do Peregrino da Alvorada, navio do agora Rei Caspian X.

Caspian, após estabelecer a paz em Nárnia e assumir o trono como rei Caspian X, parte em uma viagem para encontrar os sete nobres amigos de seu pai que partiram para desbravar as Ilhas Solitárias há muitos anos e nunca mais voltaram. O Peregrino inicialmente parte sem rumo em direção ao mar, mas acabam logo encontrando várias ilhas, algumas conhecidas, outras não. Durante a sua jornada encontram piratas, dragões, uma serpente marinha gigante, seres invisíveis, estrelas em forma humana, pessoas que habitam nas profundezas do oceano, dentre outros personagens.

Mas o que mais me chamou a atenção foram duas semelhanças que Caspian tem com alguém muito conhecido do Cristianismo, cujo nome também começa com a letra "C". Arrisca um palpite? Cristo! A primeira delas foi o fato de Caspian querer manter sua identidade em segredo em alguns momentos. Jesus também fez a mesma coisa. Muitas pessoas queriam saber se Ele era um profeta ou até o Messias tão aguardado, mas Ele não respondia diretamente a esses questionamentos. O que acontece é que, em seu tempo, os judeus esperavam um messias político, não um Salvador pessoal. Por isso, Jesus falava que não era esse Messias (que eles tanto aguardavam. Você pode ler alguns exemplos em Marcos 3:11-12, 8: 27-30).

Outra semelhança deu-se quando, em sua jornada, Caspian faz uma parada para limpar a casa, libertar as Ilhas Solitárias da imoralidade e corrupção e restaurar a ordem nas colônias. Em um gesto simbólico, a mesa do governador é virada e todos os seus documentos e cartas oficiais são jogados fora. Cristo fez algo parecido quando viu que o templo sagrado estava sendo desonrado. Ele chegou até mesmo a fazer um chicote para assustar o pessoal e virou várias mesas usadas pelos cambistas, expulsando todos os que compravam e vendiam naquele lugar. Foi uma demonstração muito grande do zelo que Jesus tinha pelo templo e pelas coisas de Deus (Mateus 21:12-13). Uma lição importante para nós nos dias de hoje: não é legal brincarmos com as coisas de Deus! O que é sagrado é sagrado. Se não acreditamos ou aceitamos, podemos e devemos pelo menos respeitar a fé das pessoas.

Mas, em minha humilde opinião, a parte mais marcante de toda a crônica acontece quando temos o encontro do menino autossuficiente Eustáquio com Aslam. Essa história narra a transformação que somente Deus pode fazer nas nossas vidas. Por causa de sua ganância, Eustáquio é transformado em um dragão enquanto dormia. Aqui é importante fazer um parêntese sobre essa transformação. Veja, o dragão na Bíblia é um dos símbolos usados para o inimigo de Deus, Satanás (Apocalipse 12:9). Por que um pobre menino foi transformado nessa criatura horrenda? Vejo que Lewis queria nos chocar com essa imagem, pois é exatamente isso que o pecado quer fazer conosco: nos tornar parecidos com o originador do mal. Assim como ao procurarmos praticar o bem, praticar o que Jesus nos pediu, somos chamados de "cristãos", ou seja, pessoas parecidas com Cristo (Mateus 10:25 e 2 Coríntios 3:18). Ao continuar nas trevas do pecado, ficamos (figuradamente) parecidos com nosso inimigo. Veja como o próprio autor nos explica o que aconteceu com Eustáquio: *"Ao dormir sobre o tesouro de um dragão, com pensamentos gananciosos, típicos de um dragão, ele próprio acabara se transformando em um dragão"* (Lewis, 2009, p. 443). Ao perceber que ele é um dragão, fica feliz em saber que é o novo terror da ilha, invencível e rico além da conta (Rogers, 2005, p. 60). Só que, depois de pouco tempo, Eustáquio se dá conta de que aquilo não era tão agradável quanto imaginava... Quando isso aconteceu, parece que as escamas caíram de seus olhos e ele se viu como era. Finalmente seus olhos se abriram. Ele percebeu o quanto era pecador. O quanto era egoísta e cheio de si. Obviamente, ele não ficou feliz com esse acontecimento e fez de tudo para voltar ao seu "normal":

• • •

"Assim, comecei a esfregar-me, e as escamas começaram a cair de todos os lados. Raspei ainda mais fundo e, em vez de caírem as escamas, começou a cair a pele toda, inteirinha, como depois de uma doença ou como a casca de uma banana. Num minuto, ou dois, fiquei sem pele. Estava lá no chão, meio repugnante. Era uma sensação maravilhosa. Comecei a descer à fonte para o banho. Quando ia enfiando os pés na água, vi que estavam rugosos e cheios de escamas como antes. Está bem, pensei, estou vendo que tenho outra camada debaixo da primeira e também tenho de tirá-la. Esfreguei-me de novo no chão e mais uma vez a pele se descolou e saiu; deixei-a então ao lado da outra e desci de novo para o banho. E aí aconteceu exatamente a mesma coisa. Pensava: Deus do céu! Quantas peles terei de despir? Como estava louco para molhar a pata, esfreguei-me pela terceira vez e tirei uma terceira pele. Mas ao olhar-me na água vi que estava na mesma" (LEWIS, 2009, p. 451).

• • •

Essa foi a maior experiência de transformação e conversão nas Crônicas de Nárnia. Eustáquio tentava, sem sucesso, achar uma solução para seu problema. Em meio às suas frustradas tentativas, ele começa a perceber que precisava de Alguém para o ajudar. Ele precisava de ajuda para se libertar de suas escamas (essas escamas poderiam até representar as fases da vida do cristão rumo à santificação[12]). Afinal, como nos ensina Jeremias 13:23; "Será que o etíope pode mudar a sua pele? Ou o leopardo as suas pintas? Assim também vocês são incapazes de fazer o bem, vocês que estão acostumados a praticar o mal". Eustáquio não conseguia se livrar das suas escamas, de sua vaidade, de seu egoísmo de dragão... Ele precisava de um milagre. E foi exatamente isso que ele conseguiu ao reconhecer sua necessidade por um Salvador. Ele admitiu suas fraquezas, admitiu que precisava de ajuda para ser liberto daquele dragão interior, então Aslam aparece:

---

12 Essas fases são descritas nos últimos capítulos do clássico *"Cristianismo Puro e Simples"* de C. S. Lewis.

• • •

"Então o leão disse (mas não sei se falou): Eu tiro a sua pele. Tinha muito medo daquelas garras, mas, ao mesmo tempo, estava louco para ver-me livre daquilo. Por isso me deitei de costas e deixei que ele tirasse a minha pele. A primeira unhada que me deu foi tão funda que julguei ter me atingido o coração. E quando começou a tirar-me a pele senti a pior dor da minha vida. A única coisa que me fazia aguentar era o prazer de sentir que me tirava a pele. É como quem tira um espinho de um lugar dolorido. Dói pra valer, mas é bom ver o espinho sair" (LEWIS, 2009, p. 451).

• • •

Aslam transformou Eustáquio não apenas fisicamente, mas de forma integral. O poder do Leão alcançou o coração do menino de tal forma, que foi capaz de quebrar seu orgulho, destruir sua arrogância e torná-lo até mesmo um garoto "legal", que mais tarde veio a se tornar amigo de Nárnia. Esse encontro mostrou ao Eustáquio (e a nós também) não apenas o poder do Leão, mas sua incapacidade e pequenez humana de mudar a si mesmo. E, acima de tudo, revelou o amor que Aslam teve, mesmo fazendo-o passar pela dor que o livrou daquilo que o incomodava e, posteriormente, efetuou não só a mudança externa, como a interna. Esse lindo relato de transformação ilustra muitas verdades fundamentais de nossa salvação ou experiência de conversão[13]:

• • •

Nós também não buscamos a Deus, é Ele que nos busca (Romanos 3:10-11, Lucas 19:10). Precisamos de um Salvador porque estamos desesperados, incapazes de nos salvarmos a nós mesmos (Romanos 5:6-8). Nenhum de nossos esforços fez qualquer diferença. Quando percebemos nossa condição – a profundidade de nossos pecados, nosso coração se compunge. Deus removeu todas as camadas do pecado, podridão e maldade (Romanos 6:6, I João 1:9). Ele nos limpou, batizou (I Pedro 3:21, Colossenses 2:10-12) e revestiu-nos com Sua justiça (Isaías 61:10). Tornamo-nos novas criaturas (2 Coríntios 5:17) ao nascermos de novo (João 3:3-6) (DITCHFIELD, 2003, p. 159).

---

[13] Uma outra linda história de transformação você poderá encontrar no livro "*Até que tenhamos rostos*", do próprio Lewis.

Confesso que fico realmente impressionado com essa história do personagem Eustáquio, pois sua transformação é completa somente depois que ele passa pelas águas. Antes disso, por suas próprias forças, ele tentava se livrar de todas as maneiras de sua natureza pecaminosa, mas de nada adiantava: ele voltava ao que era, aos velhos hábitos. E quando ele chegou ao fundo do poço, Aslam interveio de forma maravilhosa:

> Nessa altura agarrou-me – não gostei muito, pois estava todo sensível sem a pele – e atirou-me dentro da água. A princípio ardeu muito, mas em seguida foi uma delícia. Quando comecei a nadar, reparei que a dor do braço havia desaparecido completamente. Compreendi a razão. Tinha voltado a ser gente. (LEWIS, 2009, p. 451-452).

• • •

Não há como não lembrar e fazer uma associação com o principal rito cristão, chamado de batismo. Como somos pecadores, precisamos do perdão de todos os pecados para sermos transformados. Costumo dizer que Deus faz de tudo para nos salvar e transformar, por isso criou um ritual para que, quando passamos por ele, todos os nossos pecados são perdoados (Atos 2:38). Assim, no batismo, uma pessoa desce às águas (representando sua morte para a vida de pecados) e ressurge como uma nova pessoa, com seus pecados lavados e uma nova vida ao lado de Cristo (Romanos 6:4). Isso não significa que o cristão nunca mais pecará, pois somos pecadores em nossa essência, por isso, novamente, Deus fez de tudo para nos ajudar nesse processo de salvação! Ele cria outro rito para que aqueles que já passaram pelo batismo possam reafirmar e confirmar sua aliança, e esse ritual é chamado de Santa Ceia. Nele nós comemos o "corpo" e bebemos o "sangue" de Cristo. Ao participar da Ceia, novamente temos todos os nossos pecados perdoados (João 6:53-57 e 1 Coríntios 11:23-30). Ambos são símbolos que nos ajudam a compreender a atuação do mundo espiritual para transformar nossas vidas. Com essa transformação realizada por Aslam em Eustáquio, Waugh (2016, p. 91) destaca os seguintes pontos:

- Não buscamos a Deus, mas Ele nos busca (Romanos 3:10-11; Lucas 19:10);
- Precisamos de um Salvador porque estávamos desamparados, incapazes de salvar a nós mesmos (Romanos 5:6-8);
- Nenhum dos nossos esforços faz qualquer diferença para nos salvar (Isaías 64:6; Efésios 2:8-9; Tito 3:5);
- Quando percebemos nossa condição, que é a profundidade de nosso pecado, ficamos com o coração partido (Atos 2: 37-38; Salmos 38:4);

- Deus removeu todas as camadas de pecado, sujeira e maldade (Romanos 6:6; 1 João 1:9);
- Nós nos tornamos novas criações (2 Coríntios 5:17).

E sobre esse processo de transformação que acontecem nas crônicas, Wilson afirma:

> "Um aspecto bastante encorajador das histórias de Nárnia é que as crianças que entram nela são todas pecadoras. Todas cometem erros. Todas têm problemas reais. Desobedecem, brigam umas com as outras e até mesmo (no caso de Edmundo) traem a própria família. Elas não são perfeitas sob nenhum aspecto, e é por isso que precisam da graça transformadora de Aslam. E é importante notar que isso vale tanto para as crianças "boas" (como Pedro, Lúcia e Jill) quanto para as "insuportáveis" (como Eustáquio). Todas necessitam de graça" (2018, p. 247).

Outra linda parábola desse livro, aparece no capítulo 12 (A Ilha Negra), onde Lúcia faz a seguinte oração: "Aslam, Aslam, se é verdade que alguma vez nos amou, ajude-nos agora" (p. 505). Em resposta a sua oração:

> "Lúcia viu alguma coisa no facho de luz. Primeiro parecia uma cruz, depois um avião, depois um papagaio e, finalmente, quando passou sobre suas cabeças, ruflando as asas, viram que era um albatroz. Deu três voltas em torno do mastro e depois pousou um instante no dragão dourado da proa." (...) ao revolutear em torno do mastro o albatroz murmurara "Coragem, querida!". Era a voz de Aslam, e o seu hálito suave roçou-lhe a face". (LEWIS, 2009, p. 505-506).

Essa é uma clara referência às respostas rápidas de oração que recebemos. Muitas vezes nem percebemos, mas Deus responde nossas orações. O albatroz chega em resposta à oração de Lúcia e a conforta com a voz de Aslam. É ele quem guia o navio para fora da escuridão e à luz do dia.

> "Não é por acaso que Lewis escolheu o albatroz para desempenhar o papel de libertador nesta cena. Na verdade, há uma longa tradição literária de simbolismo cristão associada a esse pássaro em particular. Os marinheiros da antiguidade o admiravam muito e o consideravam um mensageiro de Deus. Seu aparecimento no céu sempre foi interpretado como um presságio de grande bem". (KURT, 2005 p. 92).

Em cada detalhe, a grande ave marinha é uma imagem de Jesus, a Luz do Mundo, o Salvador que se lança sem hesitar em nosso resgate em resposta a uma oração sincera. Querido leitor, saiba que a oração nos lembra que não estamos no controle, mas que podemos estar perto daquEle que está. Por isso, que a oração seja a sua primeira opção, não seu último recurso! Afinal, a oração e a fé farão o que nenhum poder na terra pode realizar. Por que não parar agora mesmo e fazer uma oração ao Senhor pedindo ou agradecendo por algo? Confie que Ele o ouvirá e quem sabe não lhe responderá: *coragem querida!*

Outro simbolismo interessante nessa crônica é a Faca de Pedra. Foi com ela que a Feiticeira Branca matou Aslam e esse item aparece novamente no capítulo 13 da história, tornando-se um instrumento que lembrava tortura, sacrifício e morte. Mas depois da ressurreição de Aslam, ela passou a representar um outro símbolo: vitória (ou triunfo). Assim como essa faca, que foi o instrumento usado para matar o Salvador de Nárnia, os cristãos também usam um símbolo que lembra tortura, sacrifício e morte que matou nosso Salvador: uma cruz. Mas assim como a faca ganhou um novo significado, a cruz também representa a vitória de Cristo sobre a morte! Por isso, Paulo afirma: *"Quando vocês estavam mortos em pecados e na incircuncisão da sua carne, Deus os vivificou juntamente com Cristo. Ele nos perdoou todas as transgressões, e cancelou a escrita de dívida, que consistia em ordenanças, e que nos era contrária. Ele a removeu, pregando-a na cruz, e, tendo despojado os poderes e as autoridades, fez deles um espetáculo público, triunfando sobre eles na cruz"* Colossenses 2:13-15.

Por fim, agora você entenderá o porquê de o livro que você tem em mãos ter esse título *"O outro nome de Aslam"*. As crianças estão velejando pelo Mar de Prata dentro do Peregrino quando avistam uma paisagem diferente, pois era toda branca e muito bonita. Eles achavam que aquela vista lembrava os lírios, mas a descrição é impressionante:

• • •

"O mar parecia o Ártico e, se os olhos não tivessem se tornado tão agudos como os das águias, seria impossível suportar a visão daquela brancura, especialmente de manhã cedo. E a brancura, às tardes, fazia durar mais a luz do dia. Os lírios pareciam não ter fim. Dias e dias, elevava-se daquelas léguas de flores um odor que Lúcia achava quase impossível descrever: doce, sim, mas não estonteante, nem extremamente perfumado, um odor fresco, selvagem, solitário ... Depois nasceu o sol, e seus primeiros raios, vistos através da parede, transformaram-se num deslumbrante arco-íris. Compreenderam que a parede era de fato uma enorme onda caindo sem cessar, sempre no mesmo lugar, e produzindo a mesma sensação de quando se olha da beira de uma cachoeira. Parecia ter seiscentos metros de altura, e a corrente os fazia deslizar rapidamente na direção dela. (LEWIS, 2009, p. 510-512).

• • •

Ao ler essas palavras tento imaginar o quão bonito era esse lugar! Imagine uma onda alta que parece uma parede com as "maravilhosas cores do arco-íris". Além dela, estão florestas exuberantes, cascatas e montanhas. Onde o céu encontra a terra, parecendo com o vidro. Se formos comparar essa descrição com o que João disse sobre a Nova Jerusalém, a Cidade de Deus, veremos que ambas são muito similares. Em Apocalipse 21 a 22, vemos que a cidade é vista de uma "grande e elevada montanha" com o brilho da glória de Deus (Apocalipse 21:10-11). Muralhas altas rodeiam a cidade, "decorada com todo tipo de pedra preciosa" – um arco-íris de joias como jaspe, safira, esmeralda, topázio e ametista (21:18-21). "O rio de água da vida" sai "do trono de Deus... claro como cristal" (22:1-2). Há saborosas árvores frutíferas (22:2). As paredes, a cidade, e até as ruas parecem límpidas como o vidro (21:18, 21). Qualquer semelhança com o Céu não é uma mera coincidência!

Lúcia, Edmundo e Eustáquio estavam além do Fim do Mundo, e de longe avistaram um cordeiro que os chamava para almoçar. Ele tinha preparado peixes fritos para eles. Essa aqui, é sem dúvida alguma, uma referência ao que aconteceu após a ressurreição de Cristo, pois Ele também apareceu aos Seus discípulos à beira do Mar da Galileia e serviu o mesmo prato para eles (veja João 21:4, 12). Depois de as crianças comerem, começam um belíssimo diálogo entre o Cordeiro e Lúcia:

– Por favor, Cordeiro – disse Lúcia – É este o caminho para o país de Aslam?

– Para vocês, não – respondeu o Cordeiro. – Para vocês, o caminho de Aslam está no seu próprio mundo.

– No nosso mundo também há uma entrada para o país de Aslam? – perguntou Edmundo.

– Em todos os mundos há um caminho para o meu país – falou o Cordeiro. E, enquanto ele falava, sua brancura de neve transformou-se em ouro quente, modificando-se também sua forma. E ali estava o próprio Aslam, erguendo-se acima deles e irradiando luz de sua juba.

– Aslam – exclamou Lúcia. – Ensine para nós como poderemos entrar no seu país partindo do nosso mundo.

– Irei ensinando pouco a pouco. Não direi se é longe ou perto. Só direi que fica do lado de lá de um rio. Mas nada temam, pois sou eu o grande Construtor da Ponte. Venham. Vou abrir uma porta no céu para enviá-los ao mundo de vocês.

– Por favor, Aslam – disse Lúcia – antes de partirmos, pode dizer-nos quando voltaremos à Nárnia? Por favor, gostaria que não demorasse...

– Minha querida – respondeu Aslam muito docemente –, você e seu irmão não voltarão mais à Nárnia.

– Aslam! – exclamaram ambos, entristecidos.

– Já são muito crescidos. Têm de chegar mais perto do próprio mundo em que vivem.

– Nosso mundo é Nárnia – soluçou Lúcia. – Como poderemos viver sem vê-lo?

– Você há de encontrar-me, querida – disse Aslam.

– Está também em nosso mundo? – perguntou Edmundo.

– Estou. Mas tenho outro nome. Têm de aprender a conhecer-me por esse nome. Foi por isso que os levei à Nárnia, para que, conhecendo-me um pouco, venham a conhecer-me melhor (LEWIS, 2009, p. 513-514).

Nesse trecho, vemos o principal propósito de C.S. Lewis ao escrever as Crônicas de Nárnia. Ao ser perguntado sobre o caminho para entrar no país de Aslam, o Cordeiro responde que a porta para o que eles estão procurando, encontra-se em nosso mundo! Ou seja, toda as crônicas visam nos ajudar a entender conceitos espirituais que nos levarão para mais próximo do verdadeiro Leão! E é exatamente depois de explicar seu objetivo com suas histórias que um Cordeiro se transforma em um Leão! Confesso que quando li esse trecho pela primeira vez, me emocionei muito, pois essa transformação de um Cordeiro para um Leão acontece em Apocalipse 5. Ali lemos que Jesus é o Leão da tribo de Judá (Apocalipse 5:5). Mas Jesus não venceu como um Leão, mas como um Cordeiro (João 1:29).

Outra linda semelhança com o que várias poesias, hinos e histórias cristãs ensinam, é que Aslam diz que o caminho para o seu país, saindo do nosso mundo, fica além do rio: "Mas nada temam, pois sou eu o grande Construtor da Ponte". Um exemplo disso, é um hino que gosto muito com o nome "Além do Rio". Em seu refrão ele diz:

Além do rio existe um lugar pra mim.
Além do rio existe paz.
Além do rio a vida não terá mais fim;
E com Jesus irei morar.

Depois dessa linda afirmação, o Leão diz que as crianças foram para Nárnia para aprenderem a reconhecer o verdadeiro Cordeiro, o verdadeiro Leão em nosso mundo, porém, aqui ele tem um outro nome.

Anos atrás, após ler esta parte do livro, uma garota chamada Hila escreveu para C. S. Lewis, pedindo que lhe dissesse o outro nome de Aslam. Lewis respondeu:

> *"Quero que você adivinhe. Houve alguém neste mundo que:*
> *1) Chegou ao mesmo tempo em que o Papai Noel;*
> *2) entregou-se pelas culpas dos outros para ser massacrado e morto por pessoas más;*
> *3) ressuscitou;*
> *4) às vezes é chamado de o cordeiro.*
> *Você realmente não sabe Seu nome neste mundo? Pense novamente e conte-me a sua resposta. (DITCHFIELD, 2003, p. 16)".*

• • •

O outro nome de Aslam é "o nome acima de todo nome": Jesus Cristo! Ele é o Leão da Tribo de Judá e o Cordeiro que tira o pecado do mundo! De fato, a imagem de Aslam se tornou tão real para alguns leitores que uma mãe americana escreveu sobre suas preocupações com seu filho de nove anos, que afirmou que amava mais a Aslam do que a Jesus. Lewis então lhe respondeu com muita sensibilidade:

> "Mas Laurence não pode realmente amar mais a Aslam do que Jesus, mesmo que ele sinta que é isso que esteja fazendo. Afinal, as coisas que ele ama que Aslam faz ou diz são simplesmente as coisas que Jesus realmente fez e realmente disse. Assim, quando Laurence pensar que está amando Aslam, ele está, na verdade, amando Jesus: e talvez ele esteja O amando muito mais do que antes". (JACOBS, 2005, p. 289)

6. A CADEIRA DE PRATA

The Silver Chair, ilustrado por Pauline Baynes London: Bles, 1953 traduzido para o português sob o título A Cadeira de Prata.

Eustáquio, juntamente com sua amiga Jill, são enviados por Aslam para encontrar Rilian, filho de Caspian, o verdadeiro herdeiro ao trono de Nárnia, que se encontra aprisionado. Nesta aventura, as crianças são guiadas pelos sinais dados previamente por Aslam e encontram com pessoas estranhas, tais como um ser pantanoso e uma família de gigantes, passando por caminhos tortuosos, numa espécie de "viagem ao centro da Terra". Com ajuda dos sinais de Aslam e a amizade do ser pantanoso de nome estranho, as crianças ajudam Rilian a escapar do encanto da rainha do submundo.

• • •

6.1. SIMBOLOGIA BÍBLICA EM "A CADEIRA DE PRATA"

C. S. Lewis descreveu A Cadeira de Prata como uma história sobre a guerra contínua com os poderes das trevas. E algo que entendo ser importante destacar já no início desse capítulo, é a forma como as crianças conseguem acessar Nárnia. Nas histórias anteriores, parece que elas encontram Nárnia quase que por acidente, mas desta vez foi diferente, pois Eustáquio faz uma oração e as portas de Nárnia se abrem para ele e para Jill. Existem muitas formas de Deus se revelar para o ser humano: por meio da natureza, da história, do caráter do ser humano (que, de certa forma, ainda reflete a imagem e semelhança de Deus), a palavra inspirada por Deus (a Bíblia), milagres e até o próprio Cristo, mas mesmo esses meios sendo tão fantásticos, existe mais uma forma de ter acesso a Deus de maneira direta, sem depender de nada: através da oração.

Algumas pessoas pensam que existe uma formula mágica para se fazer uma oração ou quem sabe exista uma sequência de palavras que agrade mais a Deus... Fique tranquilo! A única coisa necessária para uma oração ser ouvida por Deus é a sinceridade de estar em comunicação com o Deus Criador e Redentor do universo. Se você quiser, pode falar com Ele nesse exato momento! Na crônica "A Cadeira de Prata", Aslam dá às crianças a missão de encontrar o príncipe e, para auxiliá-las, dá-lhes quatro sinais:

• • •

Primeiro: logo que Eustáquio colocar os pés em Nárnia, encontrará um velho e grande amigo. Deve cumprimentar logo esse amigo; se o fizer, vocês dois terão uma grande ajuda. Segundo: vocês devem viajar para longe de Nárnia, para o Norte, até encontrarem a cidade em ruínas dos gigantes. Terceiro: encontrarão uma inscrição numa pedra da cidade em ruínas, devendo proceder como ordena a inscrição. Quarto: reconhecerão o príncipe perdido (caso o encontrem), pois será a primeira pessoa em toda a viagem a pedir alguma coisa em meu nome, em nome de Aslam." (LEWIS, 2009, p. 530).

• • •

Elas não precisavam apenas saber os sinais, mas memorizá-los. Mas tiveram que repetir os sinais até demonstrarem que os haviam decorado. Ou seja, Aslam usou a expressão "lembre, lembre, lembre sempre dos sinais", ele repetiu a mesma expressão três vezes, dando ênfase no que estava pedindo. Essa é uma forma de expressão muito parecida com o costume de Cristo, ao declarar *"em verdade, em verdade vos digo..."* (expressão usada 58 vezes nos evangelhos).

Fora isso, a palavra "lembrar-se" ou "lembrar" é usada nada mais, nada menos do que 237 vezes na Bíblia, para se ver o quanto ela é importante nas Escrituras e principalmente, nas relações do homem, que é um ser que, por natureza, se esquece de seu Criador (Êxodo 20:8-11). Nesse mesmo sentido, podemos observar que Aslam diz para Jill que ela deveria "lembrar-se de tudo" (LEWIS, 2009, p. 530), inclusive que deveria repetir os sinais para si mesma ao amanhecer, antes de dormir, ao acordar, durante a noite. No livro de Deuteronômio 6:4-9, nós encontramos a *Shemá Israel*. Todo judeuzinho já deveria decorar esse texto com apenas cinco anos de idade. Esse é o principal texto para um judeu e, obviamente, para nós como cristãos, também! E o que ele ensina? A "lembrar-se de tudo": *"Ouça, ó Israel: O Senhor, o nosso Deus, é o único Senhor. Ame o Senhor, o seu Deus, de todo o seu coração, de toda a sua alma e de todas as suas forças. Que todas estas palavras que hoje lhe ordeno estejam em seu coração. Ensine-as com persistência a seus filhos. Converse sobre elas quando estiver sentado em casa, quando estiver andando pelo caminho, quando se deitar e quando se levantar. Amarre-as como um sinal nos braços e prenda-as na testa. Escreva-as nos batentes das portas de sua casa e em seus portões".* Parecido ou não com a orientação de Aslam?

Por essas e tantas outras, sem dúvidas, essa é a história que mais demonstra as atitudes e ações de Aslam. São vários os trechos que nos ajudam a entender mais sobre quem era o grande leão e também vemos o quanto ele é parecido com Jesus. Darei mais alguns exemplos. Ao olhar para Aslam, Jill ficou incomodada e teve uma reação de culpa e, até de vergonha, pois o olhar do leão a fez repensar no que havia feito, que foi precisamente o que o leão disse que não fizesse: ela se esqueceu dos sinais e deu atenção a coisas fúteis. Da mesma forma, Pedro, ao ouvir o galo cantar, se lembrou do que Jesus tinha alertado que aconteceria. E pior, naquele momento, Jesus olhou para ele (o único evangelho que retrata essa história é Lucas, no capítulo 22:61-62). Quando fazemos algo errado e ninguém vê é uma coisa. Mas quando alguém presencia nosso erro, nos sentimos bem piores e culpados. Você consegue imaginar como Pedro se sentiu depois de ter traído seu Mestre? Depois de ter jogado sua palavra por terra? Não tenho dúvidas de que ele se sentiu assim como Jill: incomodado, culpado e envergonhado.

Depois de Jill se arrepender e confessar seu erro, sua honestidade é elogiada por Aslam. Algo que me chamou muita atenção, foi a expressão que Aslam usou com Jill sobre seus erros: "não o cometa mais", pois ela é praticamente a mesma expressão que Jesus usou ao ter se encontrado com uma pessoa pega em adultério. Jesus disse: *"vá e não peques mais"* (João 8:11). Só que o Leão também a adverte com relação aos sinais não parecerem com o que ela esperava que parecessem. "Por essa razão é importantíssimo memorizá-los e não valorizar as aparências". Aqui não há como não lembrar dos sinais que o próprio Jesus mencionou que aconteceriam antes de Sua volta. Jesus avisou seus discípulos em Mateus 24 que aconteceriam sinais no mundo social, como guerras e rumores de guerras (v. 6), sinais no mundo religioso, onde surgiriam falsos profetas e até falsos cristos (vv. 4, 5, 11 e 24) e sinais no mundo natural, como terremotos, fome, o escurecimento do sol e da lua, e a queda de estrelas (vv. 7, 29).

Jill desistiu da tarefa de repetir os sinais, correndo o risco de esquecê-los por completo. Essa é uma importante lição para nós. Ao decorarmos textos bíblicos, eles nos ajudam em momentos de dor e sofrimento. Muitas vezes, Deus nos faz lembrar de algum verso para aliviar nossa dor. Por exemplo, às vezes nos sentimos sozinhos, por isso temos Hebreus 13:5-6, que diz que Deus não nos deixará só. Ao ficarmos tristes, 2 Coríntios 1:3-5 diz que Deus pode nos consolar. Já o livro de Romanos 8, nos versículos de 26 a 28, ensina a confiarmos no auxílio divino em meio às dificuldades da vida. Se estivermos sofrendo, 2 Coríntios 12:9-10 diz que a Sua graça nos basta, pois, o poder de Deus se aperfeiçoa em nossa fraqueza. Em tempos de perigo, o clássico Salmo 91 atesta que mil cairão ao nosso lado, dez mil a nossa direita, mas nós não seremos atingidos! Se precisamos de paz, a promessa de Filipenses 4:6-7 é que devemos confiar nos planos divinos e, se nos sentirmos muito pecadores, I João 1:7-9 diz que Deus está pronto a nos perdoar!

Portanto, é importante dedicar tempo de qualidade para a leitura da Bíblia para tentarmos memorizar alguns versos como esses, que são como os sinais de Jill, pois nos ajudarão em nossa caminhada cristã (veja o que a Bíblia diz sobre isso em seu maior capítulo: Salmo 119:16, 93, 109). E sem contar que, assim como Jill e Eustáquio tinham uma missão, precisamos lembrar que não estamos nesse mundo "à toa", mas em missão também (Mateus 28:19)! Essa missão tem a ver com o resgate daqueles que estão iludidos pela serpente, para saírem "das trevas para a maravilhosa luz". Mas existe outra lição que também podemos aprender com esse trecho da crônica:

• • •

Outra obra de ficção que nos ajuda a entender o sentido e poder da oração é A cadeira de prata, em que Aslam faz Jill decorar certos sinais que os conduziriam até o príncipe, que estava sob o feitiço de uma bruxa, nas profundezas da Terra. Jill devia repetí-los sempre antes de dormir e ao acordar, mas ela deixou de lado esse hábito, pondo todos em risco. Quando eles encontram a feiticeira na caverna, ela usa um incenso estonteante para convencê-los de que não existe mundo lá fora e que o sol não passa de uma ilusão coletiva. Quem reage salvando a todos é o ser pantanoso que os guiava. Ele caiu em si e fez as crianças se livrarem do encanto maligno, pondo a própria mão no fogo. Essa história destaca o papel crucial da memória na oração e na vida cristã em geral, sem a qual perdemos contato com as marcas que Deus imprimiu na história da humanidade e na nossa própria história ou mesmo no seu livro, a Bíblia (GREGGERSEN, org. 2006, p. 113-114).

• • •

De todas as partes da crônica *A Cadeira de Prata*, houve uma com a qual me identifiquei. Em certo momento, Eustáquio, Jill e o Brejeiro usaram uma técnica que já havia sido usada até por um rei israelita: se fingiram de loucos! Isso mesmo! Enquanto os três fugiam, se fizeram de tontos para desviarem das suspeitas dos gigantes. Quanto ao rei que fez isso, ele é o mais conhecido de todos: Davi. O grande rei Davi ficou com medo do rei de Gate, Áquis, e fingiu estar louco, deixando até mesmo uma baba escorrer por sua barba – se quiser saber mais detalhes dessa história, você pode lê-la em 1 Samuel 21:10-15).

E você? Teria coragem de se fingir de doido para escapar de um perigo? Preciso confessar que houve uma vez que fiz algo parecido. Quando estava no sexto ano, conheci um rapaz que tinha o apelido de Jefão. Ele tinha repetido algumas séries, por isso era o maior garoto da turma e acabava "metendo medo" nos alunos. Tornei-me seu amigo e, por isso, ele sempre me protegia (pois eu era bem encrenqueiro). Mas, em um belo dia, estava voltando sozinho para casa depois da aula. Ouvi alguém da escola gritar: "hey, amigo do Jefão!" Quando olhei para trás, um rapaz mais alto e forte do que eu (algo não muito difícil) veio até mim, tirar satisfação. Quando ele me empurrou, tive uma excelente ideia! Disse que ele poderia me bater, pois eu era cristão, e a Bíblia dizia que deveríamos dar sempre a outra face. Para minha surpresa, ele começou a rir (graças a Deus) e saiu dizendo que eu era maluco! A Bíblia (mesmo sendo usada fora do contexto) me ajudou a não levar uma surra! Veja, tanto eu, as crianças dessa crônica e até Davi já fizeram isso. Esse episódio também nos lembra do famoso trecho em que a Bíblia nos diz que somos loucos para o mundo (1 Coríntios 1:27-29)!

Outro aspecto importante da crônica é a nítida mudança na personalidade de Eustáquio. Essa mudança foi provocada pelo encontro do garoto com o Grande Leão. Transformações como essa também acontecem com pessoas que tem um encontro íntimo com Cristo. Uma pessoa que aceitou a salvação oferecida por Cristo é transformada pelo Espírito Santo (Romanos 12:2). O interessante é que Aslam não espera que Eustáquio vença suas falhas de caráter antes de se encontrar com ele ou como condição para isso, mas a transformação acontece após o encontro com Aslam. O mesmo ocorre quando nos encontramos com o verdadeiro Leão.

Um dos grandes "pontos altos" na crônica deu-se quando a feiticeira encantou a todos, tentando convencê-los de que nada do que estavam acreditando realmente existia:

"Acho que o leão de vocês vale tanto quanto o sol. Viram lâmpadas, e acabaram imaginando uma lâmpada maior e melhor, a que deram o nome de sol. Viram gatos, e agora querem um gato maior e melhor, chamado leão. É puro faz-de--conta, mas, francamente, já estão meio crescidos demais para isso. Já repararam que esse faz-de-conta é copiado do mundo real, do meu mundo, que é o único mundo? Já estão grandes demais para isso, jovens. Quanto ao meu príncipe, um homem feito, que vergonha! Brincando depois de grande! Venham. Esqueçam essas fantasias infantis. Tenho trabalho para vocês no mundo real. Não há Nárnia, não há Mundo de Cima, não há céu, nem Sol, nem Aslam". (LEWIS, 2009, p. 597).

Ela era muito astuta, dando argumentos contra a lua, mas principalmente contra o sol. Ela diz que ele não passa de um endeusamento da lamparina que iluminava a caverna. Depois, põe em descrédito a existência de Nárnia e de Aslam. Por causa dos seus feitiços, as crianças começaram a aceitar o que ela dizia. Mas o brejeiro era muito decidido e tomou a decisão de colocar o pé no fogo, onde a dor o ajudou a recobrar a razão, quebrar o feitiço e contra argumentar com a feiticeira. Ainda que seja desagradável, a dor pode ter o propósito de nos acordar para a realidade. Lewis disse uma vez que "a dor é o megafone de Deus para um mundo ensurdecido". Diante disso, precisamos reconhecer que muitas vezes o amor de Deus se manifestará pela dor. Talvez a dor seja necessária para nos despertar e nos levar de volta para Deus. Por isso, se estiver sofrendo nesse momento, veja que linda esperança Paulo nos deixou em Romanos 8:18: "Considero que nosso sofrimento de agora não é nada comparado com a glória que ele nos revelará mais tarde". Quem sabe as dores que sentimos, os sofrimentos e momentos difíceis que passamos não estão na verdade nos fortalecendo, despertando, nos ajudando a recobrar a razão para argumentar a favor de nossa fé, assim como fez o brejeiro:

• • •

"Vamos supor então que esta fossa, este seu reino, seja o único mundo existente. Pois, para mim, o seu mundo não basta. E vale muito pouco. E o que estou dizendo é engraçado, se a gente pensar bem. Somos apenas uns bebezinhos brincando, se é que a senhora tem razão, dona. Mas quatro crianças brincando podem construir um mundo de brinquedo que dá de dez a zero no seu mundo real. Por isso é que prefiro o mundo de brinquedo. Estou do lado de Aslam, mesmo que não haja Aslam. Quero viver como um narniano, mesmo que Nárnia não exista." (LEWIS, 2009, p. 598).

• • •

Ele conseguiu demonstrar porque acreditava em Nárnia, no Céu e em Aslam. Disse até que, mesmo que se não existissem, preferiria acreditar nisso; que esse é o mundo que ele sempre quis. E, se porventura, aquilo fosse uma ilusão, tinha a convicção de que algumas crianças teriam "criado" uma ilusão melhor do que a realidade. Por que ele afirmou isso? Porque este mundo não é suficiente para nós. Ele é muito pouco. Esta realidade que vivemos não basta. Por essa razão, no livro Cristianismo puro e simples, Lewis declara: "ao descobrir em mim um desejo que nenhuma experiência desse mundo poderia satisfazer, a explicação mais provável é que eu tenha sido feito para outro mundo" (2017, p. 183). A verdade é que precisamos de algo que nos leve à eternidade para qual fomos criados.

Voltando ao diálogo entre a feiticeira e o brejeiro, ele me chamou a atenção, pois é muito parecido com o que ouço atualmente sobre a Bíblia ou o fato de acreditarmos em Jesus. Algumas pessoas querem provar que Cristo não existiu e taxam os cristãos de ignorantes ou menos esclarecidos só pelo fato de serem cristãos. Se você quiser ter bons argumentos sobre sua fé, recomendo a leitura do meu livro "*Fé com Pipoca: Cristianismo na Cultura Pop*" (especialmente o capítulo sobre a série *The Big Bang Theory*). Outra dica seria o filme "Em defesa de Cristo", que é uma adaptação do livro com o mesmo nome, que narra a história do jornalista Lee Strobel, ateu convicto, em sua busca de desmentir a existência de Deus, após sua esposa se tornar cristã.

Assim como a feiticeira disse que Nárnia e Aslam eram histórias fictícias, quantas vezes, como cristãos, ouvimos esse mesmo questionamento? Acho que podemos usar uma resposta semelhante à do Brejeiro: se o Céu for realmente uma farsa, uma mentira, o que perderei por procurar viver uma vida que agrade a Deus? O que perderei por querer ir para lá? Agora, pense comigo: e se for verdade? E se o Céu for verdade e você não quer estar lá, será que você não está "perdendo"? Veja, o Céu não será um lugar onde passaremos toda uma eternidade tocando harpas, voando com nuvens para lá e para cá (apesar de que eu ficaria bem feliz em voar com essas nuvens...). O Céu será um lugar maravilhoso, pois nele não haverá mais morte, dor ou sofrimento (Apocalipse 21:1-5). Nele reencontraremos pessoas queridas que já se foram, poderemos aprender tudo o que sempre quisemos, poderemos ter uma vida sem nos preocupar em ganhar dinheiro para comprar coisas que não precisamos, para mostrar para amigos que não temos e tentar impressionar aqueles que não gostamos. Entendo que o mais importante em irmos para o Céu não é apenas o que teremos, mas com quem nos encontraremos: com o Deus Criador de todas as coisas, com o Espírito Santo que nos guiou em nossa jornada nessa Terra e com Jesus Cristo, Aquele que morreu em nosso lugar, tornando-se nosso Salvador pessoal. Na verdade, não quero ir para o Céu para ganhar algo, mas para estar com Alguém! Talvez seja com esse pensamento que Rilian faz uma bonita declaração no capítulo 12:

• • •

"Aslam será nosso guia, quer nos reserve a morte ou a vida. Somos todos por um". Já o apóstolo Paulo diz algo parecido em Romanos 14:8 "Porque se vivemos, para o Senhor vivemos; se morremos, para o Senhor morremos. Quer, pois, vivamos ou morramos, somos do Senhor". E em Filipenses 1:21 "Porquanto, para mim, o viver é Cristo e o morrer é lucro" (DITCHFIELD, 2003, p. 200).

Chegando ao clímax da crônica, a feiticeira virou uma cobra, mas foi derrotada pelos quatro amigos. O inimigo de Deus, que também é o nosso inimigo, é conhecido por ter se transformado em uma cobra como a feiticeira: *"... Ele é a antiga serpente chamada diabo ou Satanás, que engana o mundo todo"* Apocalipse 12:9. Satanás enganou Adão e Eva usando uma "cobra falante" (Gênesis 3:1-6), mas temos uma promessa (que, na verdade, é a primeira profecia bíblica) de que um dia essa "cobra" (serpente) seria derrotada (Gênesis 3:15).

• • •

Por fim, no último capítulo dessa linda história, temos um detalhe interessante quando o rei Caspian morreu: Aslam chorou! "Até o Leão chorou" (LEWIS, 2009, p. 623) com enormes lágrimas leoninas. O menor versículo do Novo Testamento traz algo muito similar que aconteceu com Cristo: *"Jesus chorou"* (João 11:35). Na verdade, temos o relato bíblico que Jesus chorou em três ocasiões. Nesse pequeno verso, pois vê que seu amigo íntimo, Lázaro estava morto. A segunda vez foi quando viu Jerusalém (Lucas 19:41), pois Ele sabia que, em breve, a cidade seria destruída. E a terceira e última foi quando estava no Monte das Oliveiras, pois se sentia angustiado com a proximidade da conclusão de Sua missão: a morte substitutiva por todos os pecadores (Lucas 22:44). Isso nos mostra que Jesus era semelhante a nós. Ele também sofria, Ele também chorava. Ainda hoje Jesus também chora conosco em meio às nossas tristezas, em meio às nossas dificuldades. Ele se alegra em nossas vitórias, mas também se sensibiliza com nossas derrotas. Ele nunca foi, e nunca será indiferente aos nossos sentimentos. Assim como Aslam também nunca o foi.

Tanto é que, após o choro de Aslam, veio uma grande vitória! Isso nos traz esperança também em nossos momentos de dor! Nós vemos outra ressurreição nessa crônica:

A do rei Caspian. A riqueza dos detalhes e simbologias são impressionantes para mim! Aslam disse para Eustáquio colocar um espinho em sua pata. Uma gota de sangue do grande Leão caiu sobre o rei e o ressuscitou da morte para a vida eterna! Ou seja, o sangue de Aslam garantiu a ressurreição do rei. Quando Jesus voltar, algo acontecerá no mesmo instante: a ressurreição dos justos! *"Se cremos que Jesus morreu e ressurgiu, cremos também que Deus trará, mediante Jesus e juntamente com ele, aqueles que nele dormiram. Dizemos a vocês, pela palavra do Senhor, que nós, os que estivermos vivos, os que ficarmos até a vinda do Senhor, certamente não precederemos os que dormem. Pois, dada a ordem, com a voz do arcanjo e o ressoar da trombeta de Deus, o próprio Senhor descerá do céu, e os mortos em Cristo ressuscitarão primeiro. Depois disso, os que estivermos vivos seremos arrebatados juntamente com eles nas nuvens, para o encontro com o Senhor nos ares. E assim estaremos com o Senhor para sempre. Consolem-se uns aos outros com estas palavras"* 1 Tessalonicenses 4:14-18. É graças ao sangue do Cordeiro que também teremos o direito à ressurreição em Cristo Jesus!

Quando as crianças voltaram para a Inglaterra, Aslam faz algo que, novamente, lembra atitudes de Deus em nossa Bíblia. Aslam diz que só se revelará à turma do Colégio Experimental pelas costas (LEWIS, 2009, p. 625). Ele fez uma fresta, tampou com a sua mão e depois passou. Ou seja, só viram as suas costas. Essa foi a mesma forma que Deus disse que se revelaria ao seu servo, Moisés, e foi assim que Ele o fez (Êxodo 33:18-23).

E a última similaridade bíblica acontece quando os centauros falam que Aslam tinha nove nomes e, obviamente, cada nome tinha um significado. Mas veja, Aslam não é o único conhecido por ter vários nomes. Jesus tem o dobro de "títulos", ou seja, dezoito: Ele é o Emanuel (Deus conosco em Isaías 7:14, Mateus 1:23), Príncipe da Paz (Isaías 9:6), o Ungido (Salmo 2:2), Filho de Deus (Marcos 1:1), Filho do Homem (Mateus 8:20), Filho de Davi (Mateus 15:22), Verbo (João 1:1), Cordeiro de Deus (João 1:29), Cristo (Mateus 16:16), Rabino (João 1:38), Autor da Vida (Atos 3:15), Alfa e o Ômega (Apocalipse 1:8), Palavra de Deus (Apocalipse 19:13), Rei dos reis (Apocalipse 19:16), Senhor dos senhores (Apocalipse 19:16), Brilhante Estrela da Manhã (Apocalipse 2:28, 22:16), o Cordeiro (Apocalipse 5:6-13) e também, semelhante a Aslam, o Leão de Judá (Apocalipse 5:5).

Não sei qual desses títulos você prefere e isso é até indiferente. Afinal, Deus se refere a si mesmo como "Eu Sou" e dispensa complementos... Sabe o por quê? Porque Ele será o que você precisar, quando chegar o momento certo! O mais importante é que você prefira estar com Ele mais do que qualquer outra coisa. Parafraseando o Brejeiro: Que você esteja do lado de Cristo, mesmo que Ele não exista. Afinal de contas, Jesus não existe. Como assim? Bugou? Segundo qualquer pesquisa de Google, existência é algo determinado por um período de tempo. Ele dura, permanece enquanto existe. Nesse conceito de existência, podemos afirmar que Deus não existe, eu e você existimos. Deus simplesmente é. Deus não teve começo, Deus não terá fim. Por isso que a própria Bíblia diz que Ele é o Alfa e o Ômega, o principio e o fim. Deus é real! O convite é: vivamos como verdadeiros cristãos, mesmo parecendo que estamos longe dos tão aguardados Novos Céus e Nova Terra.

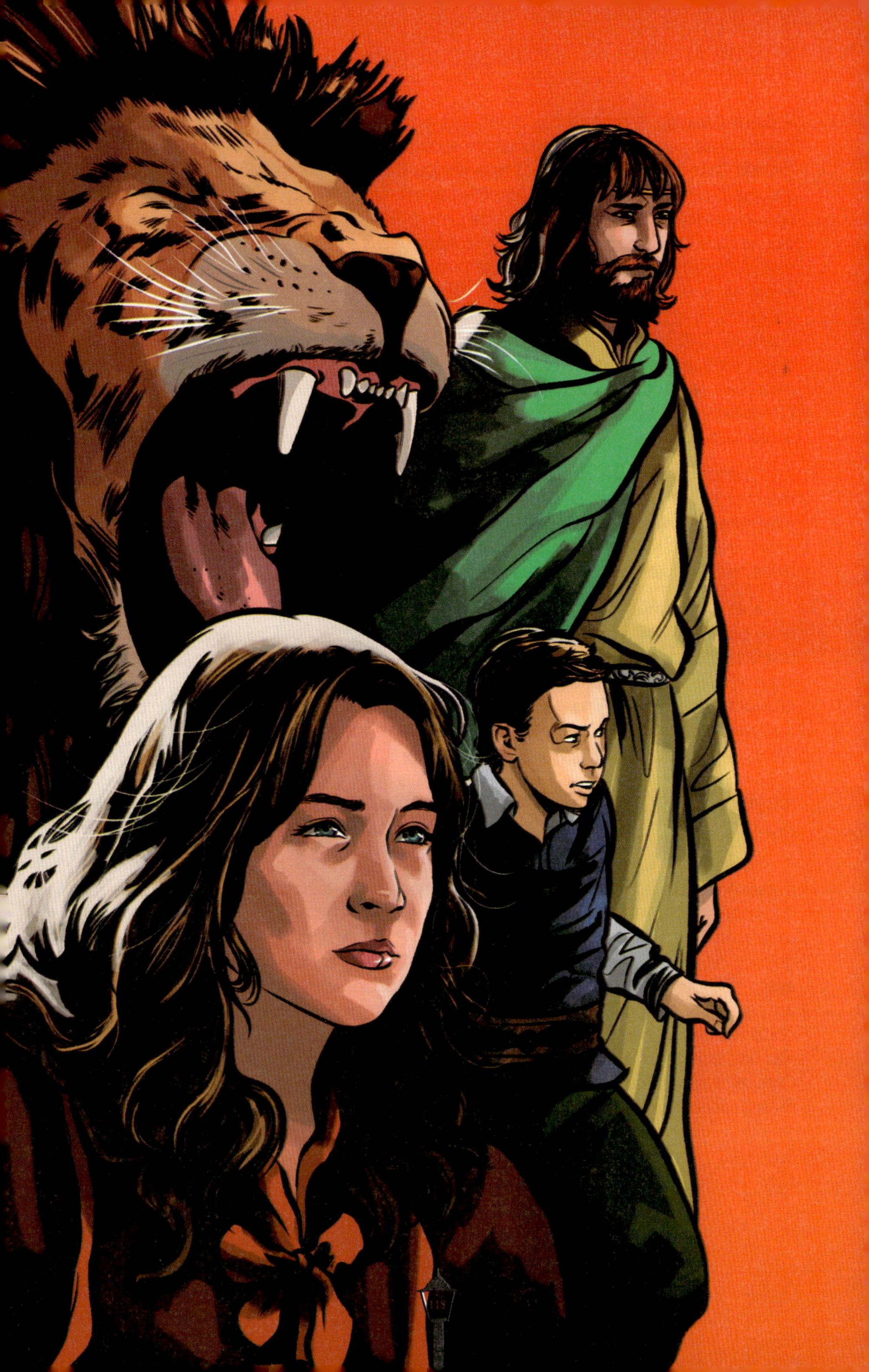

7. A ÚLTIMA BATALHA

The Last Battle, London: The Bodley Head, 1956, traduzido para o português com o título de A Última Batalha. Curiosamente, essa foi a única Crônica não traduzida em nossa língua pelo famoso cronista Paulo Mendes Campos.

Nos últimos tempos de Nárnia, um macaco muito esperto convence um burro a fazer o papel de Aslam e o povo de Nárnia cai na conversa. Para ajudar o Rei Tirian a reconquistar seu trono legítimo, Eustáquio e Gilda surgem novamente em Nárnia, como por encanto, no meio da floresta. Um macaco esperto acha uma pele de leão e faz um burro usá-la para se passar por Aslam, enganando os narnianos. Mas é ele quem comanda as ações do burro, que acaba sendo salvo por Aslam no final. Eustáquio e Gilda ajudam o rei a encontrar o terrível demônio Tash, o verdadeiro inimigo de Nárnia. No Juízo Final, Aslam aparece para convocar todos os seres de Nárnia e fazer justiça aos principais personagens das crônicas anteriores, inclusive as quatro crianças de *LFG*, que, depois do último banquete, são transportadas de volta para a Inglaterra. Infelizmente, a vida continua e os irmãos acabam morrendo de verdade, num acidente de trem. Contudo, ao contrário do que pode parecer de todas as histórias que conhecemos, a morte não é o fim trágico. É a partir deste momento que a vida deles realmente começa, quando eles se encontram definitivamente com o Deus verdadeiro.

. . .

De todas as crônicas, essa foi a única a render o prêmio "Carnegie" (que premia os melhores livros infanto-juvenis no Reino Unido) para C. S. Lewis. Assim como a crônica *"O Sobrinho do Mago"* faz um paralelo com a criação de Gênesis, *"O Leão, a feiticeira e o guarda-roupa"* tem uma relação com o Evangelho, *"A Última Batalha"* finaliza as simbologias com o último livro bíblico: Apocalipse.

Nessa crônica, a mais sombria de todas, Lewis nos faz meditar em várias lições morais, mas também no fato de que nosso mundo chegará ao seu final. Tanto é que ele usa a expressão *"nos últimos dias de Nárnia"* logo no início dessa crônica (LEWIS, 2009, p. 631). E, quando nós falamos de um final em nosso mundo, é bom lembrar que Jesus procurou alertar várias vezes seus seguidores que surgiriam falsos cristos e falsos profetas procurando nos enganar no tempo do fim (Mateus 7:15, 24:4, 5, 11 e 24). Na verdade, não foi apenas Jesus que tocou nesse assunto, mas também João, o discípulo amado. Ele nos alerta em suas epístolas que surgiriam "anticristos". Na verdade, essa palavra só aparece em I e II João em apenas quatro versos. De acordo com João, o anticristo é alguém que nega a Cristo e a Deus (I João 2:22), portanto, seria um falso profeta e que, infelizmente, alguns anticristos já existiam em seu tempo (I João 2:18). Resumindo, alguém que nega a Cristo seria um anticristo.

Nessa crônica temos um personagem que tipifica bem esse "anticristo": o macaco Manhoso (um grande mestre de manipulação, deturpando verdades para ascender ao poder e reinar) que engana toda a Nárnia com um falso Aslam: um jumento chamado Confuso que foi vestido de leão. A ideia do macaco era vender a todos como escravos. O tal do Manhoso chegou até a afirmar que não era um macaco, mas sim um homem (argumento que nos faz lembrar a teoria evolucionista, teoria essa que Lewis levava em consideração, mas que não explicitou até que ponto)!

Como vimos há pouco, na Bíblia o anticristo é chamado de falso profeta, papel que o velho macaco assumiu ao se denominar como suposto porta-voz de Aslam, usando o inocente amigo burro para isso. O macaco afirmava que, embora Aslam tivesse falado face a face com os animais falantes no passado, a partir daquele momento, o leão falaria apenas por ele, seu único "porta-voz". Ou seja, o macaco seria um tipo de falso profeta. É interessante destacar que, quando Jesus foi questionado sobre os sinais do tempo do fim, Ele avisou que tentariam nos enganar. Ele chega a frisar essa informação três vezes no mesmo capítulo: vão tentar enganar vocês (Mateus 24:4, 11 e 24).

Outra semelhança dessa crônica com o capítulo 24 de Mateus é o fato de que no tempo do fim aconteceriam terremotos (v. 7). No começo da crônica o macaco e o burro são jogados de cara no chão por um pequeno terremoto. Na verdade, notamos que a sinalização do fim do mundo, tanto em Nárnia quanto em nosso mundo, tem um início parecido em vários aspectos. Ao comando de Aslam, o Pai tempo tocará sua trombeta para sinalizar o fim. A mesma coisa acontecerá em nosso mundo antes de ele terminar: a trombeta será tocada (leia Mateus 24:30-31 e I Tessalonicenses 4:16)!

De fato, essa crônica demonstra claramente que Lewis entendia bem a escatologia bíblica[14]. O fim de Nárnia começa com densas trevas, as estrelas caindo do céu, o sol e a lua sendo apagados pelo colossal Pai Tempo. Esses são os mesmos sinais do fim dos tempos de nosso planeta, que já tinham sido mencionados no Antigo Testamento, em Joel 2:30-31, pelo próprio Cristo, em Mateus 24:29 e por João em Apocalipse 6:12.

Todos esses sinais foram dados para que, ao vermos seu cumprimento, tenhamos mais fé em todas as promessas divinas. Como Ele já agiu na história, podemos ter a plena convicção de que Ele agirá novamente. Infelizmente, não temos Jesus em forma física presente em nossas vidas, mas podemos confiar em Suas palavras. Podemos nos lembrar das "histórias antigas", como faziam os narnianos que também não conheciam mais Aslam pessoalmente.

É importante lembrar que Lewis não usou apenas referências da escatologia bíblica nessa crônica, mas também de histórias bíblicas conhecidas. Por exemplo, quando o rei vê o cavalo falante sendo maltratado, reage matando os escravos calormanos que conduziam o animal. De forma similar, quando Israel estava sendo escravizado pelo Egito, Moisés viu um egípcio maltratando um hebreu. Ao ver essa cena, não aguentou e vingou seu compatriota assassinando brutalmente o egípcio (você pode ler essa história em Êxodo 2:11-12). Após ter cometido esse crime, o libertador de Israel acabou fugindo e se exilando por 40 anos no deserto. Da mesma forma, Tirian e Precioso também fugiram após assassinar os escravos calormanos. Sammons também destaca outro paralelo bíblico nessa crônica:

> "E em A Última Batalha, o Rei Tirian, amarrado a uma árvore, pede por ajuda aos amigos de Nárnia em outros mundos, e ele os vê de volta à terra em "um sonho (se é que aquilo era um sonho) mais vívido do que qualquer outro que já tivera em toda a sua vida". Como é bem conhecido, os sonhos são frequentemente retratados na Bíblia como canais de comunicação divina - com Jacó, José, Daniel e até mesmo com reis e faraós descrentes. É claro que essa crença é muito mais ampla do que a tradição judaico-cristã. Ainda assim, em Nárnia, os sonhos costumam fornecer pistas valiosas sobre a vontade de Aslan no mundo desperto". (SAMMONS, 2004, 81).

Outra referência acontece quando Tirian salva alguns anões, mas apenas Poggin voltou para agradecer por seu resgate. A atitude de Tirian lembra a cura que Jesus fez de dez leprosos, porém apenas um voltou para demonstrar sua gratidão (Lucas 17:11-19). Mais uma bonita alusão é vista em uma frase dita por Tirian: *"bom Leão, que dera o próprio sangue para salvar Nárnia inteira"*. Ditchfield lista vários versos bíblicos com essa mesma mensagem: foi graças ao sangue de Jesus Cristo que toda a Terra pode ser salva, ao aceitá-Lo como Salvador (Colossenses 1:14, Romanos 3:24 e Hebreus 9:12-14, 18-25).

---

14 Escatologia significa o "estudo do que acontecerá no fim do mundo".

Mas essa crônica guarda um grande ponto de interrogação para seus fãs: o final da história de Susana. Em uma das conversas no capítulo 12, vemos Tirian perguntando:

> "... a não ser que eu tenha entendido mal as crônicas, deve haver mais alguém. Vossa Majestade não tem duas irmãs? Onde está a rainha Susana?
> – Minha irmã Susana – respondeu Pedro, breve e gravemente – já não é mais amiga de Nárnia.
> – É verdade – completou Eustáquio. – E cada vez que se tenta conversar com ela sobre Nárnia ou fazer qualquer coisa que se refira a Nárnia, ela diz: "Mas que memória extraordinária vocês têm! Continuam no mundo da fantasia, pensando nessas brincadeiras tolas que a gente fazia quando era criança!"
> – Essa Susana! – disse Jill. – Agora só pensa em lingeries, maquilagens e compromissos sociais. Aliás, ela sempre foi louquinha para ser gente grande". (LEWIS, 2009, p. 93).

Veja, Susana não deixou Nárnia porque amadureceu, o problema é que ela parece ter esquecido o que tinha vivido por lá. Parece que perdeu a fé em Nárnia. Tanto é que coisas pequenas se tornaram mais importantes que Nárnia para ela. Ela se preocupou mais com as coisas do mundo "real" do que do mundo de Nárnia. Mas atenção: não foi Aslam que a proibiu de voltar – tanto é que ele perdoou várias falhas de outros personagens em outras crônicas) - foi ela mesmo que não achava Nárnia mais relevante para ela...

Ao deixar essa parte da história em aberto, parece que Lewis queria fazer um paralelismo com um assunto complexo: a apostasia. Existe até um personagem "famoso" por isso na Bíblia: *"Demas me abandonou, pois ama as coisas desta vida e foi para Tessalônica. Crescente foi embora para a Galácia, e Tito, para a Dalmácia"*. 2 Timóteo 4:10 NVT (Nova Versão Internacional). Paulo, na sua segunda carta à Timóteo conta que Demas o abandonou. Ou seja, Demas apostatou. O que significa essa palavra?

> Apostasia (em grego *apóstasis*, "estar longe de") não se refere a um mero desvio ou um afastamento em relação à sua fé e à prática religiosa. Tem o sentido de um afastamento definitivo e intencional de alguma coisa, uma renúncia de sua anterior fé ou doutrinação. Pode manifestar-se abertamente ou de modo oculto.

Ou seja, a apostasia é a negação e abandono da fé. Seria até uma revolta contra Deus... Infelizmente, a apostasia é um mal presente em todas as igrejas da atualidade. Muitas pessoas acabam apostatando por diversos motivos.

Vamos voltar à história de Demas para entender como a apostasia acontece. A Bíblia não fala muito sobre Demas, mas no ano 60 D.C. (quando a carta de Filémon foi escrita), ele era considerado um "cooperador" na obra de pregação de Paulo (conforme Filemon 1:24). Já na carta aos Colossenses, Demas é citado como companheiro de Paulo e Lucas (Colossenses 4:14). Ou seja, no princípio, Demas era ativo na igreja. Ele era um "cooperador", um companheiro de trabalho, de lutas e de sofrimentos dos apóstolos.

Mas (que pena ter que ter esse "mas", não é?) Demas deixou sua fé... Já no ano de 67 D.C. (quando foi escrita a 2ª carta para Timóteo), no final do ministério de Paulo, Demas é contado entre os que abandonaram a fé: *"Pois Demas, amando este mundo, abandonou-me e foi para Tessalônica. Crescente foi para a Galácia, e Tito, para a Dalmácia".* 2 Timóteo 4:10 NVI. O texto diz que Demas "amando este mundo" abandonou a Paulo... O verbo (amou) usado nesse verso foi agapao, o mesmo que aparece no Novo Testamento para referir-se ao forte amor que deve nos unir a Deus.

Demas quis aproveitar dessa vida ao invés de pensar na vida futura. Ele perdeu de vista a herança prometida. É isso que acontece com alguém que apostata. Perde a vida espiritual de vista. Acaba amando mais as coisas desse mundo do que as coisas de Deus.[15] Entenda que ninguém abandona os caminhos de Deus "do nada". Existem sintomas que demonstram que a pessoa está "esfriando" na fé. Alguns cristãos começam deixando a oração de lado, outros já não leem ou estudam a Bíblia e outros deixam de frequentar sua igreja e suas atividades. Com isso, a Igreja começa a não despertar mais o interesse, todos que a frequentam são vistos como hipócritas, Deus não é tão real quanto a Igreja prega, e há mais alegria e vantagens em viver longe do peso da religião...

Finalmente, a pessoa não vê mais sentido em crer em Deus e abandona totalmente a sua fé. E já que não se preocupa mais com o mundo sobrenatural, com o que é certo e errado, muitos acabam se afundando em uma vida de pecados e numa busca desenfreada pelo o que o mundo pode oferecer agora, sem importar-se com o depois. Obviamente, ao viver assim acontece uma total e gradual aversão às coisas referentes à antiga vida na Igreja.

Acredito que sua próxima pergunta agora deve ser: como me prevenir para que isso não aconteça comigo e com as pessoas que amo? A Bíblia diz: *"Vigiem e orem para que não cedam à tentação, pois o espírito está disposto, mas a carne é fraca".* Marcos 14:38 NVT. O que seria vigiar? Você já viu um vigia? Um vigia não pode ficar distraído enquanto vigia, pois está cuidando de algo ou alguém. Ou seja, procure não se distrair. Procure vigiar sua vida espiritual para não ceder às tentações. Vigie o que pode te afastar dos caminhos de Deus e fique longe disso! Continue orando, lendo sua Bíblia e participando das atividades de sua igreja. Prevenir a apostasia é melhor do que remediar.

---

15 Só que a Bíblia não relata apenas o caso de Demas. Infelizmente, o tema da apostasia aparece em vários versos da Bíblia, como: os anjos no Céu, um terço deles abandonaram a Deus (Apocalipse 12:4), o povo de Israel (em vários momentos), o rei Saul (1 Samuel 15:10-11), alguns discípulos também deixaram de seguir a Cristo (João 6:60, 66) e alguns membros da igreja em Galácia (Gálatas 1:6-7).

Saiba que a vida espiritual é cheia de altos e baixos, e o nosso objetivo deve ser mantê-la no alto, dia após dia. Haverá dias mais difíceis, mas saiba que Cristo nunca te abandonará. Ele te aceita, Ele te perdoa e Ele te ama!

Voltando às referências do tempo do fim, Tirian se encontra com os Sete Amigos de Nárnia. Veja, se existe um número que carrega um simbolismo bíblico, esse número é o sete. O número sete representa plenitude e perfeição. A história de Israel sempre foi dividida em períodos de setenta vezes sete anos. Jesus mandou que os apóstolos perdoassem as ofensas setenta vezes sete. O número sete aparece 323 vezes na Bíblia, mas, em Apocalipse, vários símbolos são marcados por ele, vamos relembrar? As sete igrejas, os sete espíritos, sete candeeiros, sete estrelas, sete tochas de fogo, sete chifres do Cordeiro, sete selos, sete trombetas, sete anjos, sete trovões, sete taças, sete cabeças do dragão com sete coroas, sete cabeças da besta, sete reis e sete flagelos. Aliás, curiosamente esse mesmo número tem outros simbolismos como, por exemplo, o corpo humano mudar totalmente as suas células a cada sete anos. E existir apenas sete cores, e delas se originam as milhares de outras tonalidades.

Outra importante ligação que Lewis faz com o tempo do fim, é o fato de o Precioso ter quase sido executado por recusar-se a adorar o falso Aslam. De forma semelhante, nós também seremos forçados à adoração ao anticristo no tempo do fim. Isso tem tudo a ver com o número mais discutido da Bíblia, o famoso 666. Acho que vale a pena abrirmos um parêntese dentro desse capítulo para explicarmos esse assunto tão debatido. Não quero encerrar toda a discussão, mas sim tentar explicar isso da forma mais sucinta possível. O número 666 não tem nada a ver com um chip implantado na mão ou na testa como muitos dizem, ou um nome específico que, somado, daria 666. Alguns atribuem valores numéricos à cada letra, fazendo com que alguns nomes surjam desse número, tais como: Napoleão, Nero, Vicarius Filli Dei ou até Windows 98. Quando esse símbolo foi dado, ele estava em um contexto de adoração. Apocalipse 12 e 14 falam sobre a verdadeira adoração, já Apocalipse 13 (que é onde aparece o 666) explica sobre a adoração a um falso deus. Mas o que significa o 666? No verso 18 (de Apocalipse 13), João fala que precisamos calcular o que significaria esse número, ou seja, o 666 não é literal, mas simbólico. Para descobrir seu significado, é importante procurar em outro lugar na Bíblia. O que lembra o número seis na Bíblia? O número seis aponta para o dia em que o homem foi criado (Gênesis 1:27-31). Mas também existe um outro texto bem conhecido que faz várias referências ao número seis, em Daniel 3. Daniel 3 fala que Nabucodonosor, o rei da Babilônia, fez uma imagem para que os povos a adorassem. Qual o contexto desse capítulo? Adoração! Parece com algum outro capítulo que estamos falando?

Daniel 3 mostra um homem que quer ser adorado. Em Apocalipse 13, vemos que o 666 diz que o número é de homem, ou seja, o número é de alguém que quer ser adorado. Uma "coincidência" é o tamanho da estátua de Nabucodonosor: 60 por 6 (Daniel 3:1). É importante lembrar que, na Babilônia, o sistema de contagem de números não era decimal, mas sim "sexagesimal", ou seja, baseado no número seis. Tudo era centrado no número seis. Nós também seguimos essa lógica, pois contamos o nosso tempo com múltiplos de 6, 60 segundos, 60 minutos, 24 horas, 180 graus, etc.

Outro detalhe importante é que existia um quadro de deuses da Babilônia nos tempos do rei Nabucodonosor, no qual todas as colunas e linhas somavam 111, como eram seis colunas, o valor total somado resultava em 666. Quando Nabucodonosor edificou a sua imagem, ele estava usando esse quadro, pegando o valor do tamanho do menor ao maior deus que eles adoravam. No panteão babilônico, todos os deuses juntos eram representados pelo número 600. Por isso, João liga o seu capítulo com o mesmo contexto de Daniel 3. A ideia era evocar o pensamento babilônico. Assim como Nabucodonosor quis ser adorado, haverá alguém que também almejará adoração no tempo do fim. Ao ser multiplicado o número 6, passa-se a ideia de uma repetição dos esforços da besta para "fazer-se passar por Deus", e, contudo, falhar persistentemente.

E por que esse sinal seria colocado na mão e na testa? Provavelmente essa é uma zombaria a um costume sagrado entre os judeus. Quando o judeu orava, ele usava filactérios sobre o braço esquerdo e sobre a frente. Os filactérios eram pequenas caixas de couro com rolos de pergaminhos onde estavam inscritas as seguintes passagens: Êxodo 13:1-16; Deuteronômio 6:4-9; 11:13-21, Levítico 19:18. Quem usava estes filactérios demonstrava ser um judeu devoto. A marca da besta era uma brincadeira espantosa não somente a este costume sagrado dos judeus, mas também com respeito aos textos que estavam dentro dos filactérios.

Lembre-se: a ideia é de adoração. Quem você vai adorar? E qual é o principal texto de adoração em nossa Bíblia, presente até mesmo no filactério? Deuteronômio 6:4-9, que diz: *"Ouça, ó Israel: O Senhor, o nosso Deus, é o único Senhor. Ame o Senhor, o seu Deus, de todo o seu coração, de toda a sua alma e de todas as suas forças. Que todas estas palavras que hoje lhe ordeno estejam em seu coração. Ensine-as com persistência a seus filhos. Converse sobre elas quando estiver sentado em casa, quando estiver andando pelo caminho, quando se deitar e quando se levantar. Amarre-as como um sinal nos braços e prenda-as na testa. Escreva-as nos batentes das portas de sua casa e em seus portões".* Esse é o maior texto de adoração para os judeus. Nenhum judeu desconhece esses versos (como já mencionado em capítulos anteriores). Antes de dormir e de acordar, eles deviam recitar o texto.

Nesses versos, aprendemos que o Senhor é o único Senhor, ou seja, essa é a marca de Deus. A marca da besta não é literal. É um modo de pensar e um modo de agir. O inimigo de Deus vai fazer de tudo para que eu e você adoremos qualquer coisa em lugar de Deus no tempo do fim. Essa é a marca da besta: não adorar a Deus da forma como Ele quer, mas da forma como nós queremos. Por mais que Lewis não tenha citado o número 666, vejo que, de forma "suave", ele explanou muito do que acabei de explicar sobre o significado desse número.

O ponto central dessa crônica é uma batalha onde todos os narnianos e humanos são exterminados. Mas a história não acaba aí e o que parecia ser uma derrota se transforma em uma grande vitória. Aslam, que parecia ausente nessa história, retoma o controle de tudo. Todos morreram, mas morreram para viver para sempre. A angústia deu lugar ao consolo, a dor deu lugar à alegria, a morte deu lugar à vida porque Aslam venceu. A verdade mais nua e crua que não podemos fugir é que a morte é inevitável. Ainda assim, ela não é o final do livro. A morte não é um adeus, mas um até logo. Um capítulo se terminando, porém, o livro só começando... As trevas, quando fecharmos os olhos para a morte, serão irradiadas pela luz da glória do Cristo que morreu e ressuscitou. O suspiro será seguido de um brado de vitória. Toda luta nos aponta para a última batalha, onde a morte não terá a palavra final.

É aí então que vemos uma cena de julgamento em um trono branco, no qual os salvos irão para a direita de Aslam e os condenados, para a esquerda. É exatamente dessa forma que o próprio Cristo disse que acontecerá quando Ele voltar. Em Mateus 25:31-34, veja que interessante: *"Quando o Filho do homem vier em sua glória, com todos os anjos, assentar-se-á em seu trono na glória celestial. Todas as nações serão reunidas diante dele, e ele separará umas das outras como o pastor separa as ovelhas dos bodes. E colocará as ovelhas à sua direita e os bodes à sua esquerda. Então o Rei dirá aos que estiverem à sua direita: 'Venham, benditos de meu Pai! Recebam como herança o Reino que lhes foi preparado desde a criação do mundo"*. Já os que não aceitaram o Leão da Tribo de Judá, ouvirão: *"Então ele dirá aos que estiverem à sua esquerda: Malditos, apartem-se de mim para o fogo eterno, preparado para o diabo e os seus anjos"* (Mateus 25:41). Acho esse verso muito importante, pois muitas pessoas questionam a bondade de Deus pelo fato de Ele permitir o sofrimento daqueles que não O aceitaram. Mas veja bem o que o verso diz: o castigo não foi preparado para os ímpios, o castigo foi preparado para o diabo e seus anjos! Infelizmente, aqueles que não aceitarem a Jesus como seu Senhor e Salvador participarão de um castigo que não seria deles, mas do inimigo de Deus. Seria como se Deus não tivesse o que fazer com quem não o aceitou. E quem o aceitar, terá vida eterna no Céu! E aqui, novamente, temos uma descrição muito similar entre o país de Aslam, que estava cheio de árvores frutíferas muito saborosas, e o Céu, que é apresentado em Apocalipse 22:2.

Algo que, particularmente, acho muito lindo nessa crônica é a aceitação do personagem Emeth por Aslam. Emeth tem a sua entrada para a Verdadeira Nárnia garantida pessoalmente por Aslam, apesar de ter confessado que seguiu e venerou Tash a vida toda. Assim, Lewis traz a ideia da salvação universal, irrestrita, que é concedida diretamente por Deus e não segundo as prerrogativas dos homens. Lewis mostra que, como na crença Cristã, se houver arrependimento por parte do pecador, há salvação.

O que acho tão atraente é o cuidado que Lewis teve ao dar um pequeno detalhe a essa história. Assim como ele já tinha feito dando nomes com significados para seus personagens, ele o faz novamente, pois *Emeth* é a palavra hebraica que significa verdade!

Emeth adorava um deus que não era verdadeiro, ou seja, um deus falso pensando que era Aslam. Mas ao encontrar-se com o grande Leão ele. Finalmente. entende o que é a verdade! Aquele cujo nome significa "verdade" conhece o Deus verdadeiro. Tanto é que ele chega a descrever Aslam de uma forma muito parecida com a descrição de Cristo em Apocalipse 1:14-17. Só que com toda a certeza, a frase mais conhecida dessa crônica, dita pela rainha Lúcia é: *"No nosso mundo também já aconteceu uma vez que, dentro de um certo estábulo, havia uma coisa que era muito maior que o nosso mundo inteiro"* (LEWIS, 2009, p. 712).

O estábulo é um elemento essencial no cenário bíblico, pois foi em um estábulo que o Salvador, o Rei dos reis, o Messias prometido, nasceu. O paradoxo do lugar indigno e sujo que acolheu o Filho de Deus está presente na crônica "*A Última Batalha*". Atravessando a porta do estábulo é que as criaturas acessam o seu novo status, seu novo lar. A porta do estábulo é a passagem para uma nova etapa, uma nova era, assim como o nascimento de Cristo pode inaugurar uma nova etapa em nossas vidas. Para isso, basta apenas aceitar o que Ele fez por nós.

Por enquanto vivemos naquilo que C. S. Lewis chamou de "Terras das Sombras". Nossa vida aqui na terra é só uma cópia pálida, uma imitação imperfeita e falha do que um dia virá. Por isso, aguarde o Leão da Tribo de Judá voltar, que não venceu como um poderoso leão, mas como um inofensivo cordeiro, o Cordeiro de Deus que tirou todo o pecado do mundo! Espero, sinceramente, que com esse livro você possa ter entendido qual foi a real intenção de C. S. Lewis ao escrever as sete Crônicas de Nárnia. Como um dia ele mesmo disse a uma menina, chamada Ruth:

> *"Muito obrigado por sua bondosa carta, foi muito bom você ter-me escrito que gosta dos meus livros; e que boa carta para alguém da sua idade! Se você continuar a amar a Jesus, pouca coisa dará errado em sua vida e espero que você possa continuar assim sempre. Sou tão grato por você ter percebido a "história escondida" nos livros de Nárnia. É esquisito que as crianças quase sempre percebem, enquanto os adultos quase nunca". (Extraído de "Cartas às Crianças, de C. S. Lewis", editado por Lyle W. Dorsett e Marjorie Lamp Mead New York: Touchstone/Simon & Schuster, 1985).*

• • •

CONCLUSÃO

– Por favor, Aslam – disse Lúcia – antes de partirmos, pode dizer-nos quando voltaremos à Nárnia? Por favor, gostaria que não demorasse...
– Minha querida – respondeu Aslam muito docemente –, você e seu irmão não voltarão mais à Nárnia.
– Aslam! – exclamaram ambos, entristecidos.
– Já são muito crescidos. Têm de chegar mais perto do próprio mundo em que vivem.
– Nosso mundo é Nárnia – soluçou Lúcia. – Como poderemos viver sem vê-lo?
– Você há de encontrar-me, querida – disse Aslam.
– Está também em nosso mundo? – perguntou Edmundo.
– Estou. Mas tenho outro nome. Têm de aprender a conhecer-me por esse nome. Foi por isso que os levei à Nárnia, para que, conhecendo-me um pouco, venham a conhecer-me melhor (LEWIS, 2009, p. 513-514).

• • •

Esse é o trecho que nos inspirou na escrita desse livro. O tema do outro nome de Aslam, que só pode ser conhecido através de uma porta e de uma jornada pelo nosso próprio mundo, e é recorrente nas Crônicas de Nárnia.

Ele se expressa pelas missões, aventuras e batalhas não só em nome de Aslam, mas também em nome de tudo o que esse nome implica: a criação, queda, encarnação, resgate (remissão/salvação) e redenção.

Nesse sentido, todas as sete Crônicas têm, pelo menos, dois personagens tipificados da história do Evangelho: O primeiro Adão (o homem) e o segundo Adão (Cristo, o Salvador). Outros personagens coadjuvantes e ideias paralelas também podem ser comparados a personagens e ideias da Bíblia.

Usamos esses personagens e temas como fio condutor para traçar alguns paralelos da simbologia de cada uma das sete Crônicas de Nárnia com a Bíblia. E, mais do que isso, fizemos pontes também com a poesia, música e cultura, como o leitor pôde observar.

O *Sobrinho do mago* conta a história da criação, queda, resgate e redenção, que prepara o cenário para a história de *O Leão, a feiticeira e o guarda-roupa*. Temos, ainda, a figura do primeiro Adão (que caiu, tocando o sino) e do segundo Adão reunidos na figura de Digory (que foi o salvador de sua mãe enferma, através do sacrifício de resistir à sedução da maçã encantada). A figura de Polly tem elementos redentores e de sabedoria, mas também de falhas humanas.

Em *O Leão, a feiticeira e o guarda-roupa* temos a própria história da paixão, narrada de forma simbólica e imaginativa. O primeiro Adão é simbolizado no personagem de Edmundo, que trai os irmãos, mas se arrepende e acaba se envolvendo ativamente no projeto de resgate de Nárnia. Temos, ainda, Cristo tipificado em Aslam e a mensagem dos quatro evangelhos reunidos.

O Cavalo e Seu Menino é a história de redenção mais velada, em que um rei disfarçado reconquista o seu trono por uma *via crucis* de humilhação, sacrifícios e sofrimentos. Aravis representa a história de Adão quando usa a escrava para alcançar os seus objetivos e é castigada por isso.

Já *Príncipe Caspian* é a própria figura de Cristo que salva o povo de Nárnia das garras de um rei totalitário. O rei Miraz é a figura do mal que penetrou no mundo com a Queda do povo de Nárnia. O povo até havia se esquecido das histórias lendárias daquela terra, atribuindo-as a meras imaginações, e os animais até perderam a fala. Não é para menos que, numa época dominada pelo ceticismo, Aslam aparece apenas em visões para Lúcia.

Em *A Viagem do Navio da Alvorada*, Caspian reaparece, mas também Aslam, com seu poder redentor e transformador. As crianças são chamadas a acharem no seu próprio mundo o nome que Aslam assume ali, num apelo claro à associação dele com a figura de Cristo. A figura de Adão é representada por Eustáquio, que vira dragão por sua ganância e é transformado por Aslam.

A Cadeira de Prata é a história de uma missão de resgate de outro rei perdido e da reconstituição de seu trono. Duas crianças são chamadas para participarem ativamente desse projeto e Aslam aparece novamente como o guia e orientador por trás de toda a missão. Jill representa Adão quando se esquece dos sinais dados por Aslam. O papel de Salvadores é atribuído ao conjunto da dupla, mas há um sacrifício particular que contribui em muito para a história do resgate. Trata-se do brejeiro, quando coloca literalmente sua mão (ou melhor, seu pé) no fogo para quebrar o encanto da feiticeira que quer desviá-los da verdadeira realidade, chamando-a de conto da carochinha.

Finalmente, *A Última Batalha* apresenta o apocalipse de Nárnia, num *grand finale* da história da redenção, com a morte e a ressurreição para a vida eterna como temas centrais. Ao invés de Adão, é o Anticristo que entra em cena.

O conjunto das sete obras tem uma moral que também é recorrente em Lewis e não é preciso ser cristão para se entender: a história da busca pela verdadeira realidade e, no final das contas, pelo verdadeiro Eu.

A ideia é perfeitamente tomista (ideia de Tomás de Aquino), de que a realidade, sendo criada por Deus, é dada e fundada, em última instância, nEle mesmo e, como somos imagem e semelhança dEle, quanto mais nos entregamos a Ele, quanto mais subimos até Ele, mais nos entregamos à realidade e mais voltamos a nos tornar como fomos originalmente criados para ser. Ou seja: *Further up and further in*. Quanto mais nos elevamos até Ele, mais adentramos em nós mesmos.

Como seres limitados e pecaminosos, não temos acesso a essa realidade e ao nosso verdadeiro eu, mas podemos viver com a perspectiva e a esperança de que essa realidade e essa verdade existe e de que um dia estaremos nos confrontando face a face com ela, mais precisamente, depois da morte.

A vida redimida nada mais é do que a jornada, cheia de mistérios e de altos e baixos, momentos reluzentes, e também outros sombrios e meios-termos, guiada por Deus, rumo a essa auto realização (olhe a palavra "real" presente em "realização) e essa descoberta da eternidade e da transcendência, que é a verdadeira realidade. Trata-se da via da santificação.

O livro que mais reflete esse processo, e que funciona pelo princípio do "*Further up, further in*" (quanto mais para cima, mais para dentro, que é um dos capítulos de *A Última Batalha*), além das *Crônicas de Nárnia*, é "*Till we have Faces*", traduzido como *Até que tenhamos rostos*. A nosso ver, a melhor tradução seria *Até que tenhamos faces*. Ele foi o livro que Lewis confessa ter mais gostado de escrever.

Sem querer tirar o gosto da leitura da obra, que recomendo efusivamente, adianto que se trata não apenas de um mito recontado (o de Eros e Psiqué), mas de uma tradução para uma narrativa imaginativa da história de Jó, que terminou a sua jornada com a expressão *"Eu te conhecia só de ouvir, mas agora os meus olhos te veem"* (Jó 42:5 – ARA), combinado com a culminação do famoso capítulo de amor de 1 Coríntios 13:

• • •

"*Agora, pois, vemos apenas um reflexo obscuro, como em espelho; mas, então, veremos face a face. Agora conheço em parte; então, conhecerei plenamente, da mesma forma como sou plenamente conhecido*" (1 Coríntios 13.12 – NVI)

• • •

A moral da história é que o sofrimento nos aproxima de Deus e que essa é a porta certa para o autoconhecimento, e não a busca ativa e ansiosa pelo seu eu verdadeiro. Não é mergulhando em si mesmo, como fez Narciso, que vamos nos encontrar, pelo contrário, o que vamos encontrar por essa via é apenas o egocentrismo, a soberba e o *emsimesmamento*, que termina em morte. Essa é, precisamente, a cilada que o diabo nos armou na queda e continua nos armando diariamente desde a criação. O caminho certo para o verdadeiro eu é aquele para fora de si mesmo, em direção ao outro horizontal e o Outro vertical, ou seja, para cima, rumo ao nosso Pai Primordial, que teve a ideia original geradora do nosso ser. Eles e Ele são o nosso espelho que permite nos enxergarmos como somos. Mas esse vislumbre, embora seja gracioso, não é indolor.

Nesse sentido, outro tema recorrente das *Crônicas* e em várias das obras de Lewis, sobre o qual teorizou especificamente em *O Problema do Sofrimento* e *Anatomia de uma Dor* e que também fica evidente em *Até que tenhamos rostos*, é o do sofrimento humano e seu sentido eterno.

Ele levanta a questão: Se Deus é bom, porque Ele permite o sofrimento? É claro que se trata de um mistério tão profundo quanto o do próprio mal e da verdadeira realidade (e do verdadeiro eu).

Edmundo, mesmo depois de já ter sido libertado graciosamente pelos colegas, aliados de Aslam, teve que lutar na batalha e ficar à beira da morte (sendo reavivado pelo licor de Lúcia) para poder ser entronizado como rei Edmundo, e receber o título de "o justo". Trata-se da ideia (novamente tomista) de participação, em que o Criador achou por bem, incluir a criatura na obra de sua própria redenção e restauração. Isso implica na participação de vitórias, mas também dos sofrimentos e baixas que levam a elas.

Portanto, agora que temos todas as dicas sobre qual seja o verdadeiro nome de Aslam, ao invés de revelá-lo (pois essa descoberta é muito pessoal e íntima), vamos apelar para o leitor, como Cristo fazia após as suas parábolas (e as Crônicas não seriam, no fundo, grandes parábolas?):

QUEM TEM OUVIDOS PARA OUVIR, OUÇA!

BIBLIOGRAFIA

FONTES PRIMÁRIAS

La Biblia para mí (Madrid: Editorial Safeliz S. L., 2014).

Lewis, C. S. *As Crônicas de Nárnia* (São Paulo: Editora WMF Martins Fontes, 2009).

_____. *Cartas sobre Narnia.* (Madrid: Ediciones Encuentro S.A., 2010).

_____. *Mero Cristianismo* (Nashville: Harper Collins Publishers Ltd, 2006).

_____. *Prince Caspian: The Return to Narnia* (New York: Harper Collins Publishers Ltd, 2014).

_____. *The Collected Letters of C.S. Lewis: Volume 1: Family Letters 1905-1931* (New York: Harper Collins Publishers Ltd, 2010), 977.

_____. *The Horse and His Boy* (New York: Harper Collins Publishers Ltd, 2014).

_____. *The Last Battle* (New York: Harper Collins Publishers Ltd, 2014).

_____. *The Lion, the Witch and The Wardrobe* (New York: Harper Collins Publishers Ltd, 2014).

_____. *The Magician's Nephew* (New York: Harper Collins Publishers Ltd, 2014).

_____. *The Silver Chair* (New York: Harper Collins Publishers Ltd, 2014).

_____. *The Voyage of the Dawn Treader* (New York: Harper Collins Publishers Ltd, 2014).

FONTES SECUNDÁRIAS

Bacchiocchi, Samuele. *Crenças Populares: O que as pessoas acreditam e o que a Bíblia realmente diz* (Tatuí: Casa Publicadora Brasileira, 2012).

Brown, Devin. *Os bastidores de Nárnia: um guia para explorar o leão, a feiticeira e o guarda roupa*, tradução Maria Helena Aranha (São Paulo: Hagnos, 2006).

Bruner, Kurt. *Finding God in the Land of Narnia.* (Illinois: Tyndale House Publishers, 2005).

Bruner Kurt., Ware Jim, *Das Geheimnis von Narnia. Inspirierende Gedanken zu den Chroniken von Narnia.* (Ulm: Gert Medien: 2005).

Ditchfield, Christin. *A Family Guide to Narnia: Biblical Truth in C. S. Lewis's The Chronicles of Narnia* (Wheaton: Crossway Books, 2003).

Ditchfield, Christin. *Descubra Nárnia: As Crônicas de Nárnia de C. S. Lewis*, tradução Hedy Maria Scheffer Silvado (Curitiba: Publicações RBC, 2010).

Downing, David C. *Into the Wardrobe C. S. Lewis and the Narnia Chronicles* (Hoboken: Jossey-Bass, 2005).

Duriez, Colin. *Manual prático de Nárnia* (Barueri: Novo Século, 2005).

Duriez, Colin, *Streifzüge Durch Narnia. Die Faszinierende Welt Von C.S. Lewis Von A Bis Z* (Asslar: Gerth Medien, 2005).

Ford, Paul. *Companion to Narnia*. Pref. Madeleine L'Engle; ilust. Lorinda Bryan Cauley. 4. ed. (San Francisco: Harper San Francisco, 1994).

Freshwater, Mark Edwards. *C. S. Lewis and The Quest For The Historical Jesus*. Ann Arbor, 1985. Tesis de Doctorado presentada a coordinación de University Microfilms Internacional.

Gillespie, Natalie. *Believing in Narnia: A Kid's Guide to Unlocking the Secret Symbols of Faith in C.S. Lewis' The Chronicles of Narnia* (Nashville: Thomas Nelson, 2008).

Gonzáles, Justo L. *Diccionario Manual Teológico* (Barcelona: Editorial Clie, 2010).

Greggersen, Gabriele. *O evangelho em Nárnia: ensaios para decifrar C. S. Lewis*. (São Paulo: Vida Nova, 2006).

_____. *Pedagogia cristã na obra de C. S. Lewis*. (São Paulo: Editora Vida, 2006).

Hinten, M. *Parallels and Allusions in the Chronicles of Narnia*. Bowling Green, 1996. Tesis de Doctorado presentada a coordinación da Boowling Green State University.

Hooper, Walter. *Past Watchful Dragons: The Narnian Chronicles of C. S. Lewis.* (New York: Collier Books, 1979).

Irwin, William. *As Crônicas de Nárnia e a Filosofia: o leão a feiticeira e a visão do mundo*, ed. Gregory Bashram e Jerry L. Wall, tradução de Marcos Malvezzi. (São Paulo: Madras, 2006).

Jacobs, Alan. *The Narnian*. (San Francisco: Harper Collins, 2005).

Magalhães Filho, Glauco. *O imaginário em As Crônicas de Nárnia*. (São Paulo: Mundo Cristão, 2005).

McGrath, Alister. *A vida de C.S. Lewis: do ateísmo às terras de Nárnia*. (São Paulo: Mundo Cristão, 2013).

Miller, Laura. *The Magician's Book: A Skeptic's Adventures in Narnia* (New York: Little, Brown and Company, 2008).

Oliveira, Arilton. *Daniel: Segredos da profecia* (Tatuí: Casa Publicadora Brasileira, 2013).

Pacomio, Luciano. *Dicionário Teológico Enciclopédico* (São Paulo: Edições Loyola, 2003).

Reid, George W. *Compreendendo as Escrituras: Uma abordagem Adventista* (Engenheiro Coelho: Unaspress, 2018).

Reis, Emilson, *Introdução Geral à Bíblia: como a Bíblia foi escrita e chegou até nós* (Artur Nogueira: Gráfica Nogueirense, 2007).

Rigney, Joe. *Viva como um narniano: Discipulado cristão nas Crônicas de Lewis*. (Brasília: Editora Monergismo, 2020. E-book Kindle).

Rogers, Jonathan. *The World According to Narnia: Christian Meaning in C. S. Lewis's Beloved Chronicles.* (New York: FaithWords, 2008).

Sammons, Marta C. *A Guide Through Narnia*. (Illinois: Harold Shaw Publishers, 1979).

Stefanovic, Ranko. *O Apocalipse de João: Desvendando o último livro da Bíblia* (Tatuí: Casa Publicadora Brasileira, 2018).

Tucker, Ruth A. *Walking Away from Faith: Unraveling The Mystery of Belief and Unbelief.* (Downers Grove: InterVarsity, 2002).

Ward, Michael. *The Narnia Code: C. S. Lewis and the Secret of the Seven Heavens.* (Illinois: Tyndale House Publishers, 2010).

Waugh, Geoff. *Discovering Aslan: High King Above All Kings in Narnia.* (South Carolina: CreateSpace Independent Publishing Platform, 2016).

Wilson, Douglas. *O que aprendi em Nárnia*. (Brasilia: Monergismo, 2018).

White, Ellen G. *Os Resgatados*. (Tatuí: Casa Publicadora Brasileira, 2018).

PUBLICAÇÕES EM SERIE

Buchanan, K. S., & Buchanan, T. D. *A Visit to The Kilns: A Formative Experience for Two Christian Teacher Educators*. International Christian Community of Teacher Educators Journal, n.º 2, (2014): 1-10.

Gutiérrez Bautista, O. D. *Palabra creadora y visión poética del mundo. Los comienzos de la fantasía épica en C. S. Lewis*. Ocnos: Revista de Estudios sobre Lectura 7 (2011): 29-42.

Hanesová, Dana y Hanes, Pavel y Masariková, Daniela. *Developing Religious Thinking Using C. S. Lewis's Chronicles of Narnia*. The Person and the Challenges (2019): 207–230.

Hyslop, Henry. *C. S. Lewis como pensador cristiano*. Scripta Theologica, n.º 2 (1982): 649-659.

Lanusse, Julián. *El sentido cristiano de Las crónicas de Narnia*. Carthaginensia, Revista de Estudios e Investigación. Volumen XXXVI (Enero-Junio 2021): 241-248.

Myers, Doris T. *C.S. Lewis Passages: Chronological Age and Spiritual Development in Narnia*. Mythlore: A Journal of J.R.R. Tolkien, C.S. Lewis, Charles Williams, and Mythopoeic Literature, n.º 3, (1985): 52-56.

Renczes Ch., *Fantasy and Religion. As Crônicas de Nárnia de C. S. Lewis como um desafio religioso e educacional*. Educação Religiosa nas Escolas Secundárias (RHS). "Jornal da Associação Federal de Professores Religiosos Católicos em Gymnasien e.V.", Munique, n.º 54 (2011): 17–24.

Russell, James. *Narnia as a Site of National Struggle: Marketing, Christianity, and National Purpose in "The Chronicles of Narnia: The Lion, the Witch and the Wardrobe"*. University of Texas Press on behalf of the Society for Cinema & Media. Cinema Journal, n.º 4 (2009): 59-76.

Zafra, Cintia Carreira. *Vicariouness and Forgiveness in The Chronicles of Narnia*. Akademia Ignatianum w Krakowie, Journal Studia Paedagogica Ignatiana, n.º 4 (2017): 82-97.

RECURSOS ELETRÔNICOS

Araújo, Brenda Rodrigues de. *Da imaginação à ilustração: Uma análise das ilustrações de Pauline Baynes no livro As Crônicas de Nárnia*. Natal, 2019: https://monografias.ufrn.br/jspui/bitstream/123456789/10511/1/TCC-II-Versão%20Final.pdf

Bane, Mark. *Myth Made Truth: Origins of the Chronicles of Narnia*. Inklings Forever: Published Colloquium Proceedings 1997-2016: Vol. 1, Article 8: https://pillars.taylor.edu/inklings_forever/vol1/iss1/8

Caceres, Michel «Estudante de Harvard encontra Deus através de leão, bruxa e guarda-roupas. Jovem descobriu semelhança do clássico "As Crônicas de Nárnia" com a Bíblia»: https://www.gospelprime.com.br/estudante-de-harvard-encontra-deus-atraves-de-leao-bruxa-e-guarda-roupas/

García de la Puerta, Marta. *Significado simbólico-mágico de la palabra en la obra fantástica de C. S. Lewis*. University of Vigo. Anuario de Investigación en Literatura Infantil y Juvenil, uvenil, 2019 (3): https://doaj.org/article/669a693747d544f9b398d09a466d11ea

Garmaz, Jadranka y Komljenović, Petar. *Jesus In Narnia. Narrative Katechese im Werk von C. S. Lewis Jesus in Narnia. Narrative catechesis in the works of C. S. Lewis*. Publicado en The Person and the Challenges. University of Split, Croatia: http://czasopisma.upjp2.edu.pl/thepersonandthechallenges/article/view/926

Garrett, Christopher Edward. *Of Dragons, Palaces, And Gods: A Mormon Perspective on C. S. Lewis*. Masters Thesis. Oregon State University, 2001: https://ir.library.oregonstate.edu/concern/graduate_thesis_or_dissertations/5999n766s?locale=en

Herald, Sydney Morning. «*J. K. Rowling ... Rereads Them Now in Adulthood Whenever She Finds a Copy at Hand*» http://www.accio-quote.org/articles/2001/1001-sydney-renton.htm e http://www.accio-quote.org/articles/1998/0798-telegraph-bertodano.html.

«Netflix anuncia nuevas películas y una serie de 'Las Crónicas de Narnia'»: http://hot94.fm/netflix-anuncia-nuevas-peliculas-una-serie-las-cronicas-narnia/

Shober, Dianne. *Leonine Imagery In C.S. Lewis's Series The Chronicles of Narnia:* https://literator.org.za/index.php/literator/article/view/1558

«Símbolos proféticos en Apocalipsis y sus significados»: https://adventistasrd.interamerica.org/uploaded_assets/146698

«Tudo sobre as Crônicas de Nárnia e o homem que as escreveu»: https://www.greelane.com/pt/humanidades/literatura/chronicles-of-narnia-and-author-c-s-lewis-627142

Warzecha, Daniel. *C.S. Lewis's Parables as Revisited and Reactivated Biblical Stories*. Miranda: Revue Pluridisciplinaire du Monde Anglophone. 2017: https://doaj.org/article/a4e2cc1a07d34bcfbdb150b9681e50b8

Wilson, Dominique. *Christianity in Narnia*. On a Panegyrical Note: Studies in Honor of Garry W Trompf. 2007: https://www.academia.edu/3493200/Christianity_in_Narnia